Sarah Meyer-Dietrich

VON HIER AUS KOMMEN WIR ÜBERALL HIN

Ein Kurzroman aus dem Ruhrgebiet

DER BAND ERSCHEINT ANLÄSSLICH DES
40. JUBILÄUMS DES KLARTEXT VERLAGS.

Bibliografische Information der Deutschen Nationalbibliothek
Die Deutsche Nationalbibliothek verzeichnet diese Publikation
in der Deutschen Nationalbibliografie; detaillierte bibliografische
Daten sind im Internet über portal.dnb.de abrufbar.

Impressum

3. Auflage Februar 2024

Umschlaggestaltung, Layout und Satz: Joachim Bartels
Umschlaggestaltung: Guido Klütsch
Druck und Bindung: Totem, u. Jacewska 89,
88-100 Inowroclaw, Polen
© Klartext Verlag, Essen 2024
ISBN 978-3-8375-2627-1

www.klartext-verlag.de

Jakob Funke Medien Beteiligungs GmbH & Co. KG
Jakob-Funke-Platz 1, 45127 Essen
info.klartext@funkemedien.de
www.klartext-verlag.de

INHALT

DER ANFANG IST IMMER SCHÖN

Der Anfang ist immer schön. Voller Hoffnung. Alles ist möglich. Menschen könnten sich verlieben. Leute, die sich ewig nicht gesehen haben, einander in die Arme schließen. Neue Freundschaften entstehen. Revolutionen ausbrechen, die die Welt zu einem besseren Ort machen. Ich klappe das Buch auf, das ich von Shahi zum Vierzigsten bekommen habe. Lese erwartungsvoll den ersten Satz. *Sean ahnte, dass diesen Sommer nichts so bleiben würde, wie es war ...* Während neben mir ein Kind auf dem Schoß seines Vaters zu quengeln beginnt: „Papa, können wir nach Langendreer?" Ich blende die Stimmen aus. Blende die Menschen im Bus aus. Und Gelsenkirchen hinter den Fenstern. Alles ist möglich. Der Anfang ist immer schön.

WENN WIR ES NUR WIRKLICH, WIRKLICH WOLLEN

Dass manche Menschen so seelenruhig im Bus lesen können, denke ich, den Blick auf die Frau direkt mir gegenüber gerichtet, die ein Buch in Händen hält. *Irische Küsse*. Jane McCane. Noch nie was von der gelesen. Aber der Skandal um ihre Bücher ist sicherlich keinem entgangen. Die Plagiatsvorwürfe. Weil sie ihre Bücher gar nicht selbst geschrieben, sondern angeblich von einem auf künstlicher Intelligenz basierenden Textprogramm hat verfassen lassen.

„Jonas", sagt der Mann schräg gegenüber von mir. „Wir können heute nicht nach Langendreer."

„Warum?", will der Junge auf seinem Schoß wissen.

„Weil Mama Geburtstag hat", sagt der Mann. „Und wir ein Geschenk kaufen müssen."

„Wir könnten das Geschenk doch in Langendreer

kaufen", schlägt das Mädchen neben mir vor. Sicher Jonas' Schwester.

„Nein", sagt der Mann, den ich für Jonas' Vater halte.

„Aber warum?", fragt Jonas. Die große Frage, die mich so viele Nächte den Schlaf gekostet hat. Bis ich vierzig geworden bin. Da hat das irgendwie schlagartig aufgehört.

„Weil wir extra hierher nach Gelsenkirchen gefahren sind für ein Geschenk", sagt der Mann. „Und weil es nach Langendreer jetzt zu lange dauern würde."

Er könnte Blumen kaufen, denke ich. Blumen, wie ich sie in meinem Laden verkaufe. Er könnte gleich mitkommen und sich einen schönen großen Strauß zusammenstellen lassen. Blumen gehen doch immer.

„Ich will aber nach Langendreer", sagt Jonas.

Langendreer, denke ich. Nichts weiß ich von Langendreer. Nur dass es ein Stadtteil von Bochum ist.

„Kannst du nicht in dein Handy gucken, wie weit es nach Langendreer ist?", fragt Jonas' Schwester.

Der Mann seufzt. Scrollt und tippt auf seinem Handy. „Die nächste Bahn würden wir sowieso nicht erwischen."

„Was heißt nicht erwischen?", erkundigt sich Jonas interessiert.

„Dass die Bahn schon weg ist", sagt der Mann.

Jonas fängt an zu weinen. „Warum ist die Bahn schon weg?"

Ja? Warum? Warum fährt die Bahn ohne Jonas und seine Schwester? Frage jetzt auch ich mich. Obwohl ich ja weiß, dass die Bahn fahren muss. Dass alle Bahnen fahren müssen. Bekommen wir nicht von klein auf beigebracht, dass wir alles erreichen können? Wenn wir es nur wirklich, wirklich wollen? Und dann scheitert es an Langendreer.

„Ich will aber so, so, so gerne nach Langendreer." Jonas weint. Weint so, dass alle im Bus zu Jonas gucken.

„Ich auch", sagt Jonas' Schwester und fängt ebenfalls an zu weinen. „Können wir nicht bitte, bitte nach Langendreer?"

Und auch ich will jetzt unbedingt nach Langendreer. An diesen mystischen Ort, den man nur erreicht in seinen Träumen ... Gestern Nacht träumte ich, ich sei wieder in Langendreer, denke ich, während Jonas und seine Schwester nicht aufhören können zu weinen.

„Aber was machen wir dann in Langendreer?", fragt der Mann.

Und für einen Moment ist es mucksmäuschenstill im Bus. Weil alle den Atem anhalten. Gebannt auf die Antwort warten.

„Nichts", sagt Jonas.

„Nichts?", fragt der Mann.

„Einfach in die Bahn zurück steigen", sagt Jonas und lächelt.

INS LICHT

„Mama", sagt Theo. Sein Gesicht nah an meinem. „Wach auf, Mama."

Ich will nicht. Will noch nicht aufstehen. Will zurück in die Dunkelheit.

„Mama. Wach doch auf."

„Komm", murmle ich und ziehe mir die Decke über den Kopf. „Wir sind Bären und machen Winterschlaf."

Theo kriecht unter die Decke. Die Haare. Die Hände. Alles an Theo ist am Morgen weich. Klein und weich. Theo kriecht unter die Decke und macht Geräusche, wie er sich vorstellt, dass Bären sie machen.

„Schsch", sage ich und umschlinge Theo mit einem Arm. „Winterschlaf." Schlafen. Eine Stunde noch. Nur eine einzige. Theos ruhiger Atem. Wie früher, als er noch Baby war. Wie ...

„Frühling", ruft Theo und reißt die Decke weg. Seine Stimme. Zu grell. Das Licht, das durchs Fenster dringt. Zu grell.

Während Theo im Badezimmer steht, blicke ich aus dem Fenster. Während Theo im Badezimmer auf dem roten Höckerchen am Waschbecken steht, blicke ich aus dem Fenster. Während Theo auf dem roten Höckerchen, das mal meins war, am Waschbecken steht und die Zähne putzt, blicke ich aus dem Fenster ins Licht.

Goldene Stunde nennen Fotografen die Zeit nach Sonnenaufgang und die vor Sonnenuntergang. Sie meinen damit das weiche Licht, das sich so gut zum Fotografieren eignet. Wie oft bin ich bei diesen Lichtverhältnissen im Ruhrgebiet unterwegs gewesen. Habe die Wahrzeichen der Metropole Ruhr fotografiert. Allen voran das Haldengebirge. Die anthropogenen Berge der Emscherzone. Die Tetraeder-Halde in Bottrop. Die Heinrich-Hildebrand-Höhe mit der Skulptur Tiger & Turtle. Die Halde Rungenberg. Die Schurenbachhalde. Und die Halde Hoheward in Herten. Mit dem Observatorium, das ich morgen wieder fotografieren soll.

„Ich bin ein wilder Bär", ruft Theo. Zeigt die Zähne mit Zahnpastaschaum. Fährt mit den Klauen durch die Luft. Das Höckerchen wackelt. „Mama", ruft Theo und spuckt dabei Zahnpastaschaum auf den Spiegel. „Mama, kann ich heute die Stiefel?"

„Zu warm", sage ich.

„Ich will aber die Stiefel." Mehr Zahnpastaschaum. „Ich will aber, Mama."

Mein Blick aus dem Fenster.

„Ich will, ich will, ich will!"

Kippel, kippel, quengelt das Höckerchen.

„Mama", quengelt Theo. „Mama. Mama. Mama. Mama."

„Sind die nicht zu warm bei dem Wetter?", fragt Tims Mama am Kita-Tor mit Blick auf Theos Stiefel und schaut dann zu mir. Sie ist vierzig. Genau wie ich. Sie hat einen Sohn. Genau wie ich. Sonst haben wir nichts gemein.

Ich lächle entschuldigend.

„Sind Siebenmeilenstiefel", erklärt Theo.

Tims Mama lacht. „Da kannst du ja ganz weit laufen."

Theo nickt. „Bis nach Amerika. Zu den Bären."

„Schon gehört?", fragt Tims Mama mich. „Die streiken morgen wieder."

„Scheiße", rutscht es mir raus.

„Sagt man nicht", sagt Theo.

Tims Mama lacht. „Scheibenkleister", korrigiert sie. Genau wie Theo immer. Das hat er aus der Kita. Ich muss an die Windeln denken, die Theo als Baby vollgeschissen hat. Da hilft kein Euphemismus. Aber das kann ich Theo nicht sagen. Und auch nicht Tims Mama mit der weißen Bluse. Tims Mama, die womöglich in einem Ratgeber gelesen hat, wie man es schafft, dass Kinder Scheibenkleister scheißen.

„Wie denken die sich das mit den Streiks", sage ich. „Ich hab Freitag einen Auftrag." Kopfschmerz. Das Licht. Zu hell. Schlafen. Nur eine Stunde.

„Kannst du nicht Urlaub nehmen?", fragt Tims Mutter, während Theo an meiner Hand zerrt. „Komm jetzt, Mama. Komm doch."

„Freiberuflerin", sage ich müde. „Kein Auftrag, keine Kohle."

„Scheibenkleister", sagt Tims Mutter, während Theo sich von meiner Hand losreißt. „Bin ein wilder Bär!" Am Tag ist alles an Theo wild und laut.

„Kann sein Vater ihn nicht nehmen?", fragt Tims Mutter.

Nein. Denke ich. Dirk würde sagen: Lass den Auftrag sausen. Ich geb dir das Geld. Weil er nie kapiert hat, dass es nicht ums Geld geht. Dass ich das Fotografieren brauche. Nein, Dirk ist keine Option.

„Fang mich!", schreit Theo und rennt. Reifen quietschen.

„Nicht!", schreie ich. Stürze Theo hinterher. Reiße ihn an mich. Theo fängt an zu heulen.

„Nur der Schreck", sagt Tims Mama. „Mensch, Theo, musst besser aufpassen an der Straße", sagt sie. Aber der Blick sagt mir: Du musst besser aufpassen. Du bist schließlich die Mutter. Ihr Blick. Das Licht. Schonungslos.

Während Theo in der Kita ist, muss ich putzen. Einkaufen. E-Mails beantworten. Eine Lösung finden für morgen. Ich muss. Ich müsste. Während ich den Spiegel putze, denke ich an Theos gefletschte Zähne. Kippelnd auf dem roten Höckerchen, das mal meins war. Ich war doch auch einmal ein wildes Tier.

„Hast du geweint?", fragt Tims Mama, während wir am Tor auf die Jungs warten.

„Heuschnupfen", sage ich. Und habe Angst, dass sie wieder Scheibenkleister sagt.

Aber sie sagt nur: „Wenn du willst, kann Theo morgen zu uns."

Ich denke an Theo in einer Wohnung, die wahrscheinlich genauso weiß und klinisch sauber ist wie alles an Tims Mama. Denke an ihren schonungslosen Blick, der nicht halt machen wird vor meinem Kind.

„Geht schon", sage ich.

„Hast du geweint?", fragt Theo auf dem Heimweg. Und ich könnte schon wieder heulen, weil Theo keine Mama haben soll, die heimlich weint.

„Bären weinen nicht", sage ich schnell.

„Stimmt", sagt Theo. „Weil sie wilde Tiere sind."

Wieder rennt er. Dieses Mal lasse ich seine Hand nicht los. Als wir zu Hause ankommen, sind wir außer Puste. Fallen aufs Sofa. Theo kriecht nah an mich heran. „Wilde Bärenmama." Vielleicht kann ich das Licht wieder lieben lernen. Vielleicht. Das Licht.

DAS HERZ WÄRE NOCH ENTBEHRLICH

Dass ich mich wirklich habe weichklopfen lassen. Dass ich dem Heulen von Marlene und Jonas nachgegeben habe. Aber ich kann das nicht sehen, wenn die Kinder weinen. Ich kann das einfach nicht. Und wer sagt denn, dass ich immer der Bestimmer sein muss? Unsere Kinder sind gleichberechtigte Familienmitglieder. Finde ich. Und finden Tausende von Eltern im Netz. Eltern, deren Blogs ich lese, deren Postings und Reels und Storys ich verfolge, deren Bücher ich im Internet bestelle. Ja, ich weiß schon. Ich mache den stationären Buchhandel kaputt. Aber die Zeit, die Zeit ist immer so knapp. Wie jetzt. Wo wir in Langendreer stehen. Mit silbrig schimmernden Luftballons. Eine Vier und eine Null. Und ein Herz. Da hat Jonas drauf bestanden. Und eigentlich hat er ja recht. Genau deshalb gehen Mira und ich ja zur Paartherapie. Weil ich Mira deutlicher zeigen muss, dass ich sie liebe. Denn das tue ich. Ich liebe sie. Aber die Zeit, die Zeit ist immer so knapp. Und wenn dann noch die S-Bahn ausfällt. So wie jetzt. Manchmal wünschte ich, ich wäre ein autoritär erziehender Vater. Einer, der sagt: So wird das gemacht! Hier entscheide ich! Solange du die Füße unter meinen Tisch stellst! Die Bindungsorientierung macht mich noch völlig fertig.

„Papa", sagt Jonas. „Wie lange noch?"

„Keine Ahnung", sage ich. „Signalstörung."

„Was ist ein Signal?", fragt Marlene.

„Eine Art Ampel für die Züge", sage ich.

„Papa", sagt Jonas. „Darf ich auch mal den Ballon?"

„Hier", sage ich, „halt gut fest", und drücke Jonas die Schnur vom Herzballon in die Hand. Das Herz wäre noch entbehrlich.

„Ich auch", sagt Marlene, aber als ich ihr die Null ans Handgelenk binden will, weil wir auf die Vier nicht verzichten können, motzt Marlene: „Nein! Das Herz!"

„Wir haben nur ein Herz", sage ich.

„Ich will aber!", sagt Marlene und fängt schon wieder an zu weinen. Wie können die bloß so viel heulen, denke ich. So viel Wasser, wie die nur durch Heulen verbrauchen, können die doch niemals trinken. Noch dazu an einem Tag wie heute. 25 Grad im Schatten, hat meine WetterApp angekündigt. Morgen soll es noch wärmer werden.

„Lass jetzt erst mal den Jonas den Ballon halten", sage ich zu Marlene. „Wenn die Bahn kommt, darfst du."

Marlene wischt sich mit dem Ärmel Tränen und Rotze weg, während ich eine Flasche Wasser aus dem Rucksack nestle, damit die Kinder nicht völlig dehydriert zu Hause ankommen, falls wir jemals ankommen, denn keiner kann uns sagen, ob diese Signalstörung in absehbarer Zeit behoben wird. Mira denkt sicher, dass ich aus reiner Lieblosigkeit an ihrem Geburtstag ewig und drei Tage unterwegs bin.

„Papa!", sagt Marlene. „Meine Schrumpfhose!"

„Was ist mit der?", frage ich.

„Die kratzt", sagt Marlene.

„Dann zieh sie doch aus", sage ich. Weil ich schon heute Morgen, als wir sehr früh, während Mira noch schlief, aus dem Haus sind, weil mir doch tatsächlich erst mitten in der Nacht eingefallen ist, dass ich noch ein Geschenk für Mira kaufen muss, denn ich hatte ja eins bestellt eigentlich, aber das kam nicht an und das ist mir eben erst heute Nacht aufgefallen. Jetzt habe ich den Faden verloren. Jedenfalls fand ich heute Morgen schon, dass eine Strumpfhose zu warm wäre, aber wer widerspricht einer Vierjährigen, wenn die Frau im Nebenzimmer nicht wach werden soll.

„Nee", sagt Marlene. „Will ich nicht."

„Dann kratzt sie halt", sage ich.

„Nee!", sagt Marlene mit Tränen in der Stimme. Ich wühle in meinem Rucksack nach etwas zu essen. Das Kind hat sicher Hunger. Ich wage es aber nicht, den Bahnsteig zu verlassen, weil wir dann die nächste S-Bahn verpassen könnten, von der niemand weiß, wann sie kommt. Beziehungsweise weiß ich es doch: Sie wird dann kommen, wenn ich mit den Kindern aus irgendeinem Grund den Bahnsteig verlassen habe. Hoffentlich muss keiner der beiden aufs Klo, ehe die S-Bahn kommt. Obwohl ... In der S-Bahn wäre auch nicht gut, weil es da ja keine Toiletten gibt.

„Papa", sagt Marlene. „Die Schrumpfhose."

Wenn Marlene Schrumpfhose statt Strumpfhose sagt, muss ich an meine eigene Kindheit denken. Strumpfhosen aus Wolle, die immer, immer, immer zu klein waren. Mama hält die Hose am Bund fest und ich hüpfe hoch und runter, bis sie halbwegs sitzt. Später wird die Hose wieder schrumpfen. Schrumpfen und rutschen, bis ihr Schritt zwischen Popo und Kniekehlen hängt. Aber jetzt sitzt sie. Noch. Weil ich lang genug hüpfe. Einmal hüpfe ich Mama vors Kinn. Ein Kinnhakenhüpfer. Wir hassen sie beide. Diese immerzu schrumpfenden Strumpfhosen. Am Wachsen kann es nicht liegen. Wenn es am Wachsen läge, wie kann es dann sein, dass die Kniestrümpfe immer zu groß sind. An den Waden runterrutschen. In die Stiefel rutschen. Und auf dem Weg zum Kindergarten bei *Auf der Mauer, auf der Lauer* sich zusammenknubbeln unter den Fußsohlen, während die Stiefel an den nackten Fersen zu scheuern beginnen? Nein, am Wachsen kann es nicht liegen.

„Papa", sagt Marlene. „Da! Der Zug!"

Endlich, denke ich und wische mir den Schweiß von der Stirn.

„Ich muss Pipi", sagt Jonas.

„Gib mir das Herz!", schreit Marlene.

Der Ballon entgleitet Jonas' Händen und fliegt davon.

HIER DOCH NICHT

„Wie du hier leben kannst", hast du gesagt und auf die Häuser und Straßen gezeigt, „wie du hier leben kannst, verstehe ich nicht."

Unter deinem Blick sind die Straßen brüchig geworden. Die Teerdecke ist hier und da aufgeplatzt, und Gras und Unkraut sind zwischen den Steinen auf dem Gehweg hervorgewachsen. Unter deinem Blick sind die Häuser blass geworden. Ich hätte ihnen gern beschwichtigend meine Hände auf die Fassaden gelegt. Aber unter deinem Blick hab ich mich nicht getraut. Unter deinem Blick sind meine Worte, die ich habe sagen wollen, brüchig geworden und aufgeplatzt.

„Du hast doch selbst hier gelebt", war alles, was ich über die Lippen gebracht habe.

„Gelebt. Hier doch nicht", hast du gesagt. Rausgespuckt hast du die Wörter, als wären es Maden, die ich dir in den Mund gelegt hätte.

Ich hätte dich gern daran erinnert, wie wir auf diesen Straßen Fußball und Räuber und Gendarm gespielt haben. Wie wir hingefallen sind und uns die Knie aufgeschlagen haben. Wie das Blut aus den Aufschürfungen gequollen ist, was doch ein sicheres Zeichen für Leben gewesen sein muss. Und an später wollte ich dich erinnern. Als wir in der Turbinenhalle Oberhausen die Nächte durchgetanzt haben, zum Wummern des Basses, dem Herzschlag der Nacht, und erst am Morgen mit dem Bus nach Hause gefahren sind. Aber du bist weitergelaufen und hast geredet. Darüber, wie tot alles hier ist. Ich weiß, dass du damit die Zechen gemeint hast, die Bergwerke, von denen das letzte 2018 stillgelegt wurde. Und die tausend Feuer der Kokereien, von denen nur eins noch brennt.

Ich hätte dich gern gefragt, warum du hergekommen bist. Weil du doch an meinem fünfundzwanzigsten Geburtstag nicht hiergewesen bist, obwohl ich dir eine Einladung geschickt habe. Nicht am dreißigsten und auch nicht am fünfunddreißigsten. Wieso du gerade jetzt hergekommen bist, wollte ich dich fragen. Zu meinem vierzigsten Geburtstag, den ich doch nur mit Patrick, Marlene und Jonas habe feiern wollen und zu dem du auch gar nicht eingeladen warst. Ob du den langen Weg auf dich genommen hast, nur um mir zu sagen, dass man hier nicht leben kann, wollte ich fragen. Stattdessen habe ich gesagt, dass unter Tage noch immer Leben ist. Dass du auf Würmer stößt, wenn du nur tief genug gräbst. Und dass ich am Kanal im Süden der Stadt in warmen Julinächten sogar manchmal schon Glühwürmchen gesehen habe.

AM FENSTER SITZEN

Ich würde Mira gern zum Abschied umarmen. Aber Mira steht da, die Hände zu Fäusten geballt. Wie früher, wenn ich etwas zu Mira gesagt habe, das sie gekränkt hat. Es ist ihr Geburtstag. Und ich glaube, ich habe ihn versaut. Auch wenn ich das gar nicht vorhatte. Komisch, dass ich sie an ihrem Geburtstag allein zu Hause angetroffen habe. An der Adresse, von der aus sie mir zuletzt geschrieben hat. Alle fünf Jahre hat sie mir Einladungen zu ihrem und jedes Jahr Glückwünsche zu meinem Geburtstag geschickt. Seit zwanzig Jahren, in denen sich nichts geändert hat. Zwanzig Jahre, in denen alles anders geworden ist.

Auf die Einladungen hin habe ich jedes Jahr Geburtstagskarten mit vorgedruckten Glückwünschen und einer freundlichen Absage zurückgesandt. Sicher hätte Mira auch dieses Jahr so eine Karte bekommen. Wenn wie alle fünf Jahre eine Einladung von Mira bei mir im Kasten gelegen hätte. Ob Mira sich fragt, warum ich nicht in den Bus Richtung ZOB steige, sondern den in die entgegengesetzte Richtung nehme? Wo ich doch behauptet habe, dass ich zurück nach Hause muss und nur auf der Durchreise hierhergekommen bin. Während der Bus losfährt, suche ich mir einen Sitzplatz. Ich würde gern am Fenster sitzen. So wie früher, wenn Mira und ich mit dem ersten Bus vom Feiern nach Hause gefahren sind. Ich an die Scheibe gelehnt, Mira den Kopf an meiner Schulter. Aber kein Fensterplatz ist frei. Also setze ich mich auf den nächstbesten freien Platz. Zu einem Mädchen und seinem Vater, die einander gegenüber auf Fensterplätzen sitzen. Keine Ahnung, was ich gesagt hätte, wenn Miras Mann oder Miras Kinder mir die Tür aufgemacht hätten, als ich geklingelt habe. Vielleicht die Wahrheit. Dass Mira gelogen hat. Dass sie versprochen hat, mich nicht zu vergessen, und es jetzt doch getan hat. Seit zwanzig Jahren schickt Mira die Glückwünsche und Einladungen an die Adresse, an der ich damals, als ich zum Studieren nach Berlin gezogen bin, gewohnt habe. Sicher denkt sie, dass ich dort immer noch wohne. Dabei habe ich nicht einmal gelogen. Habe als Absender auf meine Briefumschläge immer *Saskia in B.* geschrieben. Dass Mira nicht darauf gekommen ist, dass B. auch Bottrop heißen kann, ist nicht meine Schuld. Schon nach einem halben Jahr habe ich es nicht mehr ausgehalten in Berlin. Hab Heimweh gekriegt. Nach der A 42. Nach einer ordentlichen Portion Pommes Schranke. Nach der stinkenden Emscher. Und natürlich nach Mira. Bloß habe ich mich erst nicht getraut, mich bei ihr zu melden. Geschämt habe ich mich. Weil ich es ja nicht hingekriegt hatte in Berlin. Wenn ich mir erst einmal ein Leben aufgebaut habe, dachte ich. Aber dann hat sich bloß Mira ein Leben aufgebaut. Ganz ohne mich. Nur dem Nachsendeantrag der Post, den ich jedes halbe Jahr verlängere, ist es zu verdanken, dass Miras Einladungen und Glückwunschkarten mich noch erreicht haben. Eine Einladung zur Hochzeit hat sie nicht geschickt. Auch keine Karten zu den Geburten der Kinder. Dass sie eine Familie hat, weiß ich, weil ich ihren Mann und ihre Kinder manchmal mit Mira gesehen habe, wenn ich wie zufällig durch die Straße gelaufen bin, die jeweils gerade als Absender auf Miras Briefen stand. Ob es merkwürdig ist, dass ich ihr heimlich gefolgt bin? Wieso sollte es? Ist doch nicht meine Schuld, dass sie sich nie umgedreht hat, wenn ich, nur wenige Meter hinter ihr, über den Fußweg gelaufen bin. Sie hätte sich umdrehen können, denke ich und merke, wie auch meine Hände zu Fäusten werden. Wie sie sich um meinen Rucksack schließen, in dem ich etwas Kantiges spüre. Ich hätte Mira das Buch geben sollen. So, wie ich es geplant hatte. Stattdessen habe ich spitze Sätze gesagt, mit denen ich gern alles kaputt gemacht hätte, was Mira jetzt hat. Ob sie mir zu meinem vierzigsten Geburtstag eine Glückwunschkarte schreiben wird? Ich ziehe das Buch aus dem Rucksack. Während ich es in blaues Papier eingeschlagen habe, habe ich mir vorgestellt, wie Mira es auspacken und sagen wird: Dass du das noch hast!

„Hier", sage ich zu dem Mädchen, das noch immer neben mir hockt, als der Bus das nächste Mal hält, und drücke ihm das Buch in die Hand. „Schenk ich dir."

Dann laufe ich zur Tür und steige aus.

Wieso hat Mira nicht gespürt, dass ich fast zwanzig Jahre keine drei Kilometer von ihr entfernt gewohnt habe? Sie hätte es doch spüren müssen. Ich hätte ihr ja die Wahrheit gesagt. Wenn sie mich gefragt hätte, wie es in Berlin ist, hätte ich es gesagt. Dass ich nicht in Berlin wohne. Und dass Berlin mich nicht loslassen will. Schleichend kommt Berlin hierher. Bald kenne ich meine eigene Heimatstadt nicht wieder. Vegane Supermärkte öffnen. In den Cafés kann man Bowls bestellen. Touristen kommen her. Prosper Haniel hat dicht gemacht. Und selbst die Emscher stinkt nicht mehr zum Himmel.

DER FLÜGELSCHLAG EINES SCHMETTERLINGS

So etwas ist mir noch nie passiert. Wirklich. In den ganzen Jahren nicht, die ich als Paketbote arbeite. Und das tue ich schon, seit ich zwanzig bin. Also mein halbes Leben. Jedenfalls: Erst als ich gestern zum Dienstschluss das Auto in den Fuhrpark zurückgebracht habe, ist mir aufgefallen, dass ich ein Paket vergessen hatte. Einfach vergessen. Das lag da, auf der Ladefläche. Nicht zu übersehen. Am liebsten wäre ich gleich noch mal losgefahren. Aber das hätte natürlich Fragen nach sich gezogen. Es hätte Ärger gegeben. Und um ehrlich zu sein: Mit Ärger komme ich nicht klar. Ich mag Harmonie. Ich möchte, dass alle glücklich sind. Nur deshalb bin ich Paketbote geworden. Weil ich mir vorgestellt habe, dass alle glücklich sind, wenn ich komme. Weil sich doch jeder über ein Paket freut. Oder nicht? Nur sind die Leute oft gar nicht so begeistert, wenn ich auftauche. Dauernd haben sie etwas zu motzen. Weil ein Paket nicht früh genug gekommen ist. Weil es gar nicht gekommen ist. Weil es beim falschen Nachbarn abgegeben wurde, nämlich dem, der das Paket selbst auspackt, statt es abzugeben, und dann behauptet, es wäre nie angekommen.

Und jetzt also das. Dieses Paket, das ich schlichtweg vergessen hatte auszutragen. Gleich morgen werde ich es ausliefern, beschloss ich. Donnerstag ist nämlich mein freier Tag. Da merkt keiner, dass ich ein Paket ausliefere, das für diesen Tag gar nicht geplant war. Denn natürlich fällt sofort auf, wenn ich im Dienst von der geplanten Route abweiche.

Ich mache mich also auf den Weg. Nach Bottrop. Wo das Paket hin soll. Mit dem Fahrrad. Den ganzen Weg von Mülheim aus. Gut, mit dem E-Bike. Aber trotzdem. Und als ich ankomme an der Hausnummer 35, stehen sie gerade vor der Tür. Ein Mann und zwei Kinder – jedes mit einem Ballon in der Hand. Und eine Frau, die die Tür aufmacht und fragt, wo sie gewesen sind. „Ich kann dir das erklären", sagt der Mann und erzählt von einem nicht angekommenen Päckchen, von Signalstörungen und dringendem Harndrang. Und ich begreife: Ich bin schuld. An dem Paket sowieso. Aber indirekt auch an der Signalstörung und dem Harndrang. Alles hängt mit allem zusammen. Der Flügelschlag eines Schmetterlings in Hamm kann einen Tornado im Kreis Wesel auslösen. Und ein Flügelschlag von mir eine Signalstörung in Langendreer. Oder so ähnlich. Also ich schnell weg mit meinem Paket. Was heißt mit meinem?

Eben nicht mit meinem. Das ist ja gerade die Krux. Ich kann das doch nicht einfach wieder mitnehmen. Stattdessen steuere ich die nächstbeste Poststelle an. Einfach das Paket abgeben, mich nicht als Paketbote zu erkennen geben und behaupten, dass ich es irgendwo im Gebüsch gefunden hätte. Am Schalter arbeitet Frau Maar. Ich weiß, dass sie Frau Maar heißt, weil auf der Theke ein Schildchen aufgestellt ist. Mit Hand beschrieben. Darauf der Name und darunter: *Ich lerne noch.* Frau Maar arbeitet also noch nicht lange hier. Und natürlich verstehe ich, was sie mit dem Satz sagen will. Dass man ein bisschen Geduld mit ihr haben soll. Ihr ihre Fehler nachsehen. Wenn ich gleich an der Reihe bin, will ich zu Frau Maar sagen: Nicht schlimm. Ich lerne auch noch. Jeden Tag. Bestimmt steht dieser Satz da, weil es schon Leute gab, die haben Frau Maar Fehler übelgenommen. Bestimmt hat Frau Maar Angst, dass die Leute motzen oder die Augen verdrehen oder ungeduldig auf die Uhr gucken. Ich denke, wie traurig das ist. Dass Frau Maar sich dafür rechtfertigen muss, dass sie noch lernt. Müssten wir uns nicht alle solche Schilder ans Revers heften? Müssten wir nicht Kappen, T-Shirts, Banner tragen, auf denen steht: *Ich lerne noch.* Oder uns große, rot leuchtende A auf den Rücken kleben. Für Anfänger. Denn offenbar ist es notwendig, dass wir uns alle ständig gegenseitig dran erinnern, dass wir nun mal nicht perfekt sind, dass wir, ja, tatsächlich, noch besser werden könnten. Und schließlich ist es doch schön, dass wir weiter dazulernen und immer wieder neu anfangen, denke ich, während ich in der Warteschlange ganz nach vorn rücke. Ist doch wunderbar, will ich Frau

Maar sagen. Lassen Sie sich nicht beirren. Sie haben ein Recht darauf zu lernen. Ich will schon den Mund aufmachen. Habe schon die Worte auf der Zunge, da sagt Frau Maar: „Wird es langsam? Ich hab nicht den ganzen Tag Zeit!"

Da mache auf dem Absatz kehrt. Um gleich wieder aufs Rad zu steigen. Weiterzufahren. Ziellos weiter. Hoffentlich löse ich unterwegs keinen Tornado aus, denke ich. Und dann lasse ich das Päckchen im Schatten der A 40 in ein Gebüsch fallen. Jemand wird es finden, denke ich. Ganz bestimmt wir es jemand finden und nach Bottrop zurückbringen.

ACHT MAL FÜNF

„Wo sehen Sie sich denn in fünf Jahren?", hat der Abteilungsleiter gefragt.

Und ich habe ihm einfach nicht ins Gesicht schauen können. In sein Gesicht, das so streng aussieht. Obwohl ich ja weiß, dass es lachen kann. Beim Sommerfest habe ich ihn mit seinem Sohn gesehen. Wie er ihn gepackt und in die Luft geworfen und wieder aufgefangen hat. Der Abteilungsleiter den Sohn, meine ich. Nicht umgekehrt. Der Sohn ist ja noch klein. Wie alt genau, weiß ich nicht. Ich finde es schwierig, das Alter von Menschen einzuschätzen. Selbst das von Kindern. Obwohl die ja so schnell groß werden. Habe ich die Assistentin vom Abteilungsleiter sagen hören, während der Abteilungsleiter den Sohn des Abteilungsleiters in die Luft geworfen hat, dass mir schwindelig geworden ist. Die Assistentin vom Abteilungsleiter hat da gestanden in ihrer weißen Bluse und ihr eigener Sohn hat daneben gestanden und in der Nase gepopelt. „Tim", hat die Assistentin vom Abteilungsleiter gesagt, „hör auf zu popeln." Ich habe gedacht, dass es schöner wäre, wenn sie das nicht vor uns allen sagen würde, weil es Tim vielleicht peinlich ist, wenn alle mitbekommen, dass er in der Nase popelt. Mir jedenfalls wäre es unangenehm. Aber was weiß ich schon. Ich habe keine Kinder. Ich kenne auch kaum jemanden, der Kinder hat. Den Abteilungsleiter natürlich. Und die Assistentin vom Abteilungsleiter. Und der Fliesenleger, der mein Bad machen soll, hat eine Tochter, von der er mir erzählt hat. Aber eigentlich kenne ich keinen von denen wirklich. Überhaupt kenne ich nur sehr wenige Leute.

„Also", hat der Abteilungsleiter gesagt. Nicht beim Sommerfest, sondern als ich bei ihm im Büro gesessen und an ihm vorbei geschaut habe. Auf den See, den man von seinem Fenster aus sehen kann. „Also", hat er gesagt und dabei geseufzt, als ob er sagen wollte: Bei Ihnen ist aber auch Hopfen und Malz verloren, Frau Kaminski.

Hopfen und Gerstenmalz und Wasser. Das sind nämlich die Zutaten, mit denen wir hier brauen. Wasser, das wir nicht aus dem See bekommen. Obwohl der ja sauber ist. So wie das Wasser der Emscher, die nah und rein am See vorbeifließt. Weil keine Abwässer mehr in den Fluss geleitet werden. Weil hier heute nicht nur beim Bier, sondern auch bei den Flüssen ein Reinheitsgebot gilt. An all das habe ich denken müssen, während ich am Abteilungsleiter vorbei auf den See geschaut habe, der da ist, wo früher Stahl produziert wurde. Ich hatte ja vorher gewusst, dass dieses Gespräch merkwürdig werden würde. Schon in dem Moment, als die Assistentin vom Abteilungsleiter mich angerufen hat, um den Termin mit mir zu vereinbaren. Obwohl sie eigentlich gar nicht hätte anrufen müssen. Sie hätte bloß zwei Türen weiter gehen müssen. So nah ist es von ihrem Büro zu meinem. Aber in den zwölf Monaten, die ich jetzt hier arbeite, ist sie kaum mal in mein Büro gekommen. Zwölf Monate, in denen so viel passiert ist. Mein Geburtstag zum Beispiel, an dem ich acht mal so alt geworden bin wie die fünf Jahre, von denen der Abteilungsleiter in unserem Gespräch geredet hat. Unser Gespräch, das eigentlich nur seins war, weil ich ja nichts gesagt habe. Vor fünf Jahren habe ich nicht einmal geahnt, dass ich fünf Jahre später im Büro des Abteilungsleiters sitzen und auf einen See starren würde, den es vor viermal fünf Jahren noch gar nicht gegeben hat. Wie soll ich also wissen, was in fünf Jahren ist, habe ich gedacht. Während der Abteilungsleiter sich räusperte. An seinem Räuspern habe ich gehört, wie unangenehm mein Schweigen für den Abteilungsleiter gewesen ist. Ich habe mir vorgestellt, dass mein Schweigen sich ausgebreitet haben könnte. Unter der Türritze durch in das Büro der Assistentin des Abteilungsleiters, die da am Schreibtisch sitzen und genauso unangenehm berührt sein könnte, weiter durch den Flur, an meinem Büro vorbei, in die anderen Abteilungen hinein und in die Halle mit den Stehtischen, an denen man unser Bier mit Blick auf den See kosten kann. Ich hab mir vorgestellt, dass das Schweigen den Menschen, die da gerade unser Bier verkosten, bis zum Hals steigt und darüber hinweg.

„Frau Kaminski", hat der Abteilungsleiter gesagt, „Sie müssen doch irgendeine Idee haben, wo Sie in fünf Jahren stehen."

„Vielleicht", habe ich gesagt, damit es dem Abteilungsleiter nicht noch unangenehmer werden musste,

„stehe ich in fünf Jahren hier am See, mit einem Bier in der Hand."

Da hat der Abteilungsleiter angefangen zu lachen. Und ich habe endlich in sein Gesicht schauen können, das jetzt so aussah wie auf dem Sommerfest, als er seinen Sohn in die Luft geworfen und wieder aufgefangen hat.

„Frau Kaminski", hat er gesagt, „bei Ihnen ist ja doch nicht Hopfen und Malz verloren."

WIE SICH ALLES FÜGT

Es sind die Fugen, die mich faszinieren. Oder vielmehr: die Art und Weise, wie sich alles fügt. Wie die Fliesen eine exakte Reihe nach der anderen bilden. Je kleiner die Fliesen, desto besser. So wie beim Mosaikmuster, das ich für Frau Kaminski im Badezimmer verlegen soll, und das sich für mich anfühlt wie ein nachträgliches Geburtstagsgeschenk zum Vierzigsten. Ein Mosaik aus winzigen Steinen. Und vielleicht, denke ich, war das mit der wildfremden Frau im Bus, die meiner Tochter das Poesiealbum in die Hand gedrückt hat, ja auch Fügung. Es gibt darin nur einen Eintrag. Aber als ich den gelesen habe, musste ich gleich an Max denken. Weil Max mir doch auch diesen Spruch ins Poesiealbum geschrieben hat. Den mit den Flüssen, die aufwärts fließen. Und den Hasen, die Jäger schießen. Und den Mäusen, die Katzen fressen. Dann erst will ich dich vergessen, heißt es da. Und ich hoffe, dass ich niemandem jemals diesen Spruch ins Album geschrieben habe. Weil ich fürchte, dass ich diejenige oder denjenigen längst vergessen haben könnte. So wie ich sogar Max vergessen hatte. Bis zu der Sache im Bus.

Ich erinnere mich, wie auf dem Weg zur Grundschule die anderen Kinder versucht haben, nicht auf die Ritzen vom Bürgersteig zu treten. Nur ich wollte mit jedem Schritt eine erwischen. Nein. Falsch. Ich und Max, dem ich Ritze für Ritze gefolgt bin. Max, mit dem ich, als beim Klassenausflug ins Freizeitbad Heveney alle anderen nur auf die große Wasserrutsche wollten, am Beckenrand gesessen und auf die winzigen türkisfarbenen Mosaikfliesen gestarrt habe, die durch die Bewegungen des Wassers waberten. Während Max von den Erdplatten erzählt hat. Und wie die Kontinente sich, wenn man die Zeit rückwärts laufen lassen könnte, wieder zum Urkontinent Pangäa zusammenfügen würden. Bestimmt ist Max Professor für Archäologie oder Zeitreisen oder irgendetwas in der Richtung geworden. Bestimmt würde er den Kopf schütteln, wenn er wüsste, dass ich Fliesenleger bin. Nein, denke ich. Max hat nic auf jemanden herabgeschaut. Vielleicht, weil er den Dingen auf den Grund gegangen ist. Wer den Dingen auf den Grund geht, muss von dort aus aufschauen, nicht herab, um den Rest der Welt zu sehen. Nach der Grundschule haben Max und ich uns aus den Augen verloren. Weil er aufs Gymnasium gekommen ist. Und ich nicht. Und weil dann meine Mutter neu geheiratet hat und wir umgezogen sind. Von Herne nach Bottrop. Aber vielleicht, denke ich plötzlich, vielleicht habe ich überhaupt erst durch Max angefangen, mich für Fugen zu interessieren. Vielleicht habe ich durch ihn begriffen, dass sich alles im Leben fügt, denke ich, als mein Handy klingelt.

„Es tut mir leid, dass ich noch einmal stören muss", sagt Frau Kaminski. „Ich bin mir nicht mehr sicher, ob ich das Mosaikmuster tatsächlich möchte. Ich glaube nicht, dass mir das gefällt mit den ganzen Fugen", sagt Frau Kaminski so leise, als ob sie sich schämt dafür. „Geht nicht auch ein Fußboden ganz ohne Fugen?"

„Aber warum denn?", frage ich entgeistert.

„Weil", Frau Kaminski stockt kurz und fährt dann fort: „Weil ich dann immerzu Sorge hätte, dass im Bad alles aus den Fugen gerät. Gerade erst hatte ich einen Termin beim Abteilungsleiter. Das ist genug Aufregung für die nächsten vierzig Jahre."

Ich fühle Enttäuschung. Und Wut. Soll die Kaminski ihr Bad doch selbst machen, denke ich. „Ich hatte auch schon anrufen wollen", sage ich. „Morgen passt es mir nämlich überhaupt nicht, Ihr Bad zu begutachten." Und dann lege ich auf. Morgen, denke ich. Morgen werde ich mit meiner Tochter ins Freizeitbad Heveney fahren. Schwimmen. Und ihr von Pangäa erzählen. Und wie sich alles fügt.

VON HIER AUS KOMMEN WIR ÜBERALL HIN

„Guck", sagt Jenni und tippt mit dem Finger auf die Europakarte. Auf den mittleren Westen Deutschlands. „Von hier aus", sagt sie, „kommen wir überall hin." Sie beugt sich über den Atlas. Wie unsere Eltern früher über die Straßenkarten. Wenn sie sich auf der Fahrt in den Urlaub verfahren hatten, weil Jenni, Max und ich auf der Rückbank saßen und Max irgendwann zu heulen anfing.

„Wir können einfach fahren", sagt Jenni. „Jetzt gleich."

Jenni langweilte sich im Auto immer als erste. Deshalb war sie es auch meistens, die Max auf den Oberschenkel klatschte und sagte: Weitergeben ohne Rückfahrkarte. Max gab den Schlag an mich weiter und obwohl es ja eigentlich ohne Rückfahrkarte hieß, habe ich Max zurück aufs Bein geklatscht. So fest, dass ein roter Abdruck zu sehen war. Max hat den Schlag an Jenni weitergegeben und wieder zurückbekommen. So kriegte Max, der in der Mitte saß, immer die doppelte Schlagzahl ab.

„Wusstest du", sagt Jenni, „dass das Ruhrgebiet ziemlich genau in der Mitte Europas liegt? Und dass die Rolandstraße der Mittelpunkt des Ruhrgebiets ist?"

Ich schüttle den Kopf, schaue aus dem Autofenster. Erdkunde hat mich nie interessiert. Während Max schon als kleiner Junge vor dem Globus saß, den Papa ihm geschenkt hatte, und sagte: Afrika. Da will ich mal hin. Guck, Anna. Hier.

„Ist der Atlas von Max?", frage ich Jenni.

„Hier", sagt Jenni und fährt mit dem Finger über die grüne Fläche, die Deutschland darstellt. „Wir fahren runter bis nach Süddeutschland", sagt sie. Ihre wilden dunklen Locken werfen einen Schatten auf Europa.

Ich muss daran denken, wie ich, wenn ich während des Studiums bei unseren Eltern hier in Herne zu Besuch war, von Max fast immer nur den Hinterkopf gesehen habe. Wenn Max nicht zum Essen kam, weil er am Schreibtisch über den Büchern saß, um fürs Abi zu lernen. Und Jenni nicht zum Essen kam, weil sie mit irgendwelchen Freunden unterwegs war. Ich hab nicht verstanden, warum Max so viel gelernt hat. Er war doch gut in der Schule. Aber ich hab Max sowieso nicht verstanden. Max konnte stundenlang in seinem Zimmer sitzen und vor sich hinträumen.

„Und dann durch die Schweiz." Jennis Finger gleitet weiter zur blauen Fläche.

„Durch den Sankt Gotthard Tunnel", sage ich. Max, Jenni und ich auf der Rückbank. Sind wir bald da, bis Papa genervt das Radio lauter dreht. Hubba Bubba Apfel, bis uns die Kaumuskeln wehtun. Und weitergeben ohne Rückfahrkarte, bis Max heult. Max, der sich erst die Tränen wegwischt, als Papa sagt: Da. Der Sankt Gotthard. Der längste Tunnel der Welt. Später, Jahre später, wird Max korrigieren: Der viertlängste Tunnel der Welt.

„Der viertlängste Tunnel der Welt", sage ich jetzt zu Jenni.

Die schaut nicht einmal auf von den bunten Flächen, die Europa bilden. So wie Max nicht aufgeschaut hat, wenn er, den Kopf tief über eins seiner Schulbücher gebeugt, fürs Abi gelernt hat und ich beim Blick in sein Zimmer nur seinen dunklen Lockenkopf sehen konnte und den schmalen Nacken darunter.

„Lugano", sagt Jenni. „Und dann über die Grenze nach Italien."

Und von da an mit Lire zahlen, denke ich. So wie früher. Zu dritt auf der Rückbank. Jenni, Max und ich. Zerknitterte Scheine. Manche mit Tesa geklebt. Mit Kugelschreiber beschriftet. Die Italiener, hat Mama gesagt und den Kopf geschüttelt, wie die mit ihrem Geld und ihren Autos umgehen. Ich stell mir vor, wie unsere Eltern jetzt allein zu Hause sitzen. Wie sie im Wohnzimmer sitzen und die Fotoalben von früher durchblättern. Fotos von Ferien auf Elba. Gepresste Oleanderblüten, die meine Mutter gesammelt hat. Und ein 1000-Lire-Schein.

„Wir sollten zurück", sage ich, aber Jenni schaut immer noch nicht auf.

Einmal hat Papa zu Max gesagt, dass er sich sein Eis selbst kaufen soll. Ich weiß noch, wie Max geweint und

Papa gesagt hat: Sei nicht immer so schüchtern. Und wie Max erst aufgehört hat zu weinen, als Papa ihm einen 1000-Lire-Schein in die Hand gedrückt hat. Jetzt bin ich reich, hat Max gesagt. Und ich habe ihn ausgelacht. Weil ich ja wusste, dass er für 1000 Lire nicht mehr bekam als eine Kugel von seinem Lieblingseis. Am Strand von Marina di Campo.

Und als ob Jenni meine Gedanken erraten hätte, sagt sie jetzt: „Und hier mit der Fähre nach Elba übersetzen. Dann weiter nach Sardinien rüber."

Und auch da: Jenni, Max und ich auf der Rückbank. Max wollte *Ich denke an eine Person* spielen. Aber dafür war ich zu alt und auch Jenni, die nur fünfzehn Minuten älter als Max ist, hatte eigentlich keine Lust zu spielen. Ich denke an eine Person, sagte Max. Ist es Papa, riet Jenni. Max schüttelte den Kopf. Du musst richtig spielen. Ist es Mama, sagte Jenni. Du musst fragen, ob die Person weiblich ist, beharrte Max. Oder ob du sie persönlich kennst. Oder ob ich sie mag. Ist die Person weiblich, fragte Jenni lustlos. Max nickte. Es ist Anna, sagte Jenni. Du musst anders raten, sagte Max und heulte, du musst richtig spielen. Das ist ein Scheißspiel, sagte Jenni. Und ich hab mir die Kopfhörer in die Ohren gesteckt.

„Von Sardinien aus weiter nach Korsika", sagt Jenni jetzt.

Da sind wir nie zusammen gewesen. Als meine Eltern anfingen, nach Korsika zu fahren, sind Jenni und ich schon allein mit der Jugendgruppe in den Urlaub. Nur Max hat darauf beharrt, weiter mit unseren Eltern in den Urlaub zu fahren. Ich stelle ihn mir vor. Allein auf der Rückbank. Ohne Jenni und mich. Aber ich will nicht an Max allein auf der Rückbank denken. Ich will an Max denken, der lacht und ein Hörnchen mit Eis in der Hand hält. Max, der auf dem Globus auf alle Kontinente zeigt, die er bereisen will. An Max, der ab der Mittelstufe jede Mark und später jeden Euro spart, den er kriegt, damit er sich ein Auto kaufen kann. Einen gebrauchten Golf, mit dem er losfahren will. Richtung Italien. Und dann immer weiter.

„Und dann setzen wir nach Tunis über", sagt Jenni. „Hier. Guck."

Ich muss daran denken, wie Jenni sich am Ende der Sommerferien immer schon auf die Schule gefreut hat, weil ihr in den Ferien langweilig geworden war. Und wie egal es mir gewesen ist, ob die Schule wieder anfing oder nicht. Und dass es eine Zeit gab, da ist Max am Ende der Schulferien noch stiller geworden als sonst. Es kam mir vor, als würde er kleiner werden und irgendwann vielleicht ganz verschwinden. Er wird gehänselt, hat Mama erklärt. Er muss lernen, sich zu wehren, hat Papa gesagt. Warum denke ich jetzt daran? Das mit dem Hänseln war doch längst vorbei, oder? Ich will Jenni fragen. Aber sie blättert im Atlas und schlägt die Weltkarte auf.

„Und dann durch Afrika", sagt Jenni. „Tunesien, Algerien, Niger, Nigeria, Kamerun, Gabun, Kongo, Angola, Namibia, Südafrika. Bis ganz an die Spitze."

Max, der auf den Globus zeigt. Afrika. Da will ich hin. Max, der über Bücher gebeugt sitzt. Der nicht einmal aufschaut, wenn ich ihn begrüße. Ich hätte fragen sollen, wie es ihm geht. Einmal wenigstens hätte ich ihn fragen sollen.

„Wir sollten zurück", sage ich zu Jenni und denke, dass es von Anfang an eine bescheuerte Idee war, mit Jenni mitzufahren. Weil wir doch mit unseren Eltern verabredet waren. Damit sie den Tag heute nicht allein durchstehen müssen. Warum bin ich in Jennis Auto gestiegen, als sie die Beifahrertür aufgerissen hat?

„Antarktis", sagt Jenni. Während wir immer noch in der Rolandstraße, keine fünf Minuten vom Haus unserer Eltern entfernt, stehen und in den Atlas glotzen.

„Und dann auf die andere Seite des Erdballs", sagt Jenni. „Durch den Pazifik, an Neuseeland vorbei, über Samoa, durch die Beringstraße und bis zur Arktis."

„Das ist doch bescheuert", sage ich.

Endlich schaut Jenni auf. Streicht sich wilde Locken aus dem Gesicht. Ihre Wimperntusche ist verschmiert. „Und dann weiter nach Schweden", sagt sie. „Norwegen. Dänemark." Sie weint lautlos. Dabei war Jenni immer die Laute in der Familie. Anders als Max. Den man oft gar nicht gehört hat. Der plötzlich neben einem stehen konnte, ohne dass man ihn hätte kommen hören. Max, der doch das Abi so gut wie in der Tasche hatte. Dann hätte er endlich losfahren können.

„Und am Ende sind wir wieder hier." Jenni klappt den Atlas mit lautem Knall zu.

„Wenn wir sowieso wieder hier ankommen, müssen wir auch gar nicht erst losfahren", sage ich.

„Dann halt nicht", sagt Jenni, fährt die Fensterscheibe runter und schmeißt den Atlas raus.

Spinnst du, will ich sagen, der war von Max. Ich denke an Max allein auf der Rückbank von seinem Golf. Obwohl das natürlich Schwachsinn ist. Er hat vorn auf dem Fahrersitz gesessen, als man ihn gefunden hat. Aber ich kann mir Max eben immer nur auf der Rückbank vorstellen.

„Weitergeben ohne Rückfahrkarte", sage ich und haue Jenni, so fest ich kann, auf den Oberschenkel.

„Bis einer heult", sagt Jenni und starrt durch die Windschutzscheibe. Jenni ist dann allein zum Abiball gegangen. Auch ohne unsere Eltern und mich. Weil doch eigentlich Max dort hätte sein müssen.

„Ich denke an eine Person", sage ich.

„Das ist ein Scheißspiel", sagt Jenni und wischt sich mit dem Handrücken den Rotz von der Nase.

Sie hat recht. Es ist ein Scheißspiel. Weil klar ist, dass wir beide nur an Max denken können. Obwohl es doch auch Jennis vierzigster Geburtstag ist, können wir alle immer nur an Max denken.

KLEIN UND FAST LEER

Da steht er, mein Kühlschrank. Harmlos sieht er von außen aus. Harmlos und klein. Wie meine Wohnung. Ein rotes Warnschild klebt auf der Kühlschranktür: *Im Liegen Transportieren.* Ich habe die Warnung nicht entfernt. Ich habe gedacht: Vielleicht brauche ich sie irgendwann. Wenn ich umziehe. In eine Wohnung, in der zwei Menschen und eine ganze Liebe Platz haben.

Rings um das Warnschild: Fotos. Ich vor vierzig Jahren als Baby, ich an der Ruhr und am Rhein-Herne-Kanal. Ich vor dem Flachwasserbecken mit den Schwarzspitzen-Riffhaien. Im Unterwassertunnel. Am Ticketschalter. Da arbeite ich nämlich. Obwohl ja immer mehr Leute ihre Eintrittskarten online buchen. Spätestens seit Corona. Überhaupt hat Corona unsere Welt verändert. Sagen alle. Sage auch ich. Und manchmal überfällt mich die Angst, dass das Internet mich überflüssig machen wird. Dass es irgendwann keinen mehr interessiert, ob ich morgens zur Arbeit erscheine oder nicht. So wie es niemanden interessiert, wie es in meinem Kühlschrank aussieht.

Der Kühlschrank ist auch von innen klein. Klein und fast leer. Wie meine Wohnung. Eine Flasche Wasser, eine angebrochene Flasche Wein, eine Tube Remoulade, eine Dose Thunfisch, die eigentlich nicht gekühlt werden müsste. Aber ich esse Thunfisch eben am liebsten kalt.

Mein Magen knurrt. Ich mische mir eine Portion Mais-Remouladen-Salat. Man nehme Mais. Man nehme Remoulade. Man mische beides kräftig. Fertig. Zum Glück gibt es Mais in extrakleinen Dosen. Für extrakleine Haushalte, in denen keine Liebe wohnt. Das Originalrezept à la ich ergänze die Zutaten um Dosenananas. Dosenananas aber ist ein Problem. Immer sind die Dosen zu groß. Immer bleibt zu viel Ananas übrig und ich ärgere mich Tage später, wenn ich sie wegwerfe, dass ich die Dose nicht leergegessen habe. Immer erinnern mich die Dosen daran, dass manche Menschen in weitläufigen Altbauwohnungen mit hohen Decken wohnen, wo selbst eine sehr große Liebe keine Angst haben muss, sich den Kopf zu stoßen.

Meine Liebe ist klein und harmlos. Und sie gilt allein den Fischen.

DAS LÄCHELN
DER DELPHINE

Supermarkt des Jahres. Wer denkt sich so etwas bloß aus? Die Welt geht unter, aber Hauptsache, es gibt etwas zum Auszeichnen. Hauptsache, die Superlative gehen uns nicht aus. Wir haben die dichteste Hochschullandschaft Europas. Wir sind einer der größten Ballungsräume. Wir sind auf dem Weg zur grünsten Industrieregion der Welt. Wir. Was heißt überhaupt wir? Bin ich damit gemeint? Manchmal schäme ich mich richtig. Wenn wieder mal irgendein Marketingexperte einen neuen Namen für das Ruhrgebiet findet, um zu zeigen, wie hipp und cool und wunderbar es hier ist, aber die überregionale Presse uns doch wieder nur „Marxloh!" entgegenschreit. Manchmal bin ich wütend. Wir sind nicht bloß Marxloh. Und selbst Marxloh ist nicht so schlimm, wie alle behaupten. Und wir sind auch keine auf Hochglanz gestriegelte Metropole Ruhr. Wir sind weder noch. Oder irgendwas dazwischen. Aber über irgendwas dazwischen will keiner schreiben. Manchmal denke ich, das Ruhrgebiet schafft sich selbst ab. Eines Tages glaubt die Welt noch wirklich, dass wir diese unglaublich lebendige und kulturell aufregende und florierende und ökologisch ganz und gar unbedenkliche Super-mega-wow-unglaublich-Metropole sind, die wir behaupten zu sein. Und dann kommen die Leute von überall her und gucken sich um und denken: Oh, falsch abgebogen. Dann kommt keiner mehr her. Wir verschwinden einfach von der Landkarte. Plopp und weg. Vielleicht gar nicht so schlecht, denke ich manchmal. Warum schalten wir nicht einfach die Pumpwerke ab, die unsere durch den Bergbau tiefergelegte Region davor bewahrt, komplett abzusaufen, und warten in aller Seelenruhe darauf, dass das gesamte Ruhrgebiet zu einer riesigen Seenplatte wird? Wie die Sechs-Seen-Platte hier um die Ecke. Nur viel, viel größer. Wäre doch nicht die schlechteste Lösung. Auch so generell für die Welt. Wenn ich an Steffis Ex denke, diesen toxischen Typen, den ich bei Starlight, wo ich Tickets verkaufe, noch unbedingt reinlassen sollte, begreife ich: Die Menschheit abschaffen wäre ein guter Anfang. Damit würden wir alle Krisen auf einmal bewältigen. Den menschengemachten Klimawandel. Kriege. Pandemien. Der ganze Scheiß einfach weg. Manchmal beneide ich Max, der von alldem nichts mehr mitkriegt. Manchmal denke ich, das ist nicht fair. Dass er einfach weg ist. Und ich die dumme Zwillingsschwester bin, die heute ohne ihn vierzig werden muss. Sowieso habe ich seit Max' Tod nicht ein einziges Mal meinen Geburtstag gefeiert. Immer nur trübselig bei meinen Eltern herumgehockt. Natürlich habe ich es auch dieses Jahr nicht lange ausgehalten da. Natürlich habe ich Anna wieder einmal sitzen lassen. Und vielleicht, ganz vielleicht, hat meine Wut auf die Welt auch ein bisschen damit zu tun, dass Max tot ist. Und dass er mir nach über zwanzig Jahren immer noch fehlt. Besonders an unserem Geburtstag. Und weil ich es nicht fair finde, dass so viele andere, die dieses Leben so viel weniger verdient haben als Max, noch da sind und unsere Welt kaputtmachen.

„Thunfisch?", fragt jemand.

Ich drehe mich um. Mustere den Typen, der in der Schlange hinter mir steht und erbost auf die Thunfischdose in meinem Einkaufskorb zeigt. Bestimmt einer von denen, die sich an den Wochenenden an der Sechs-Seen-Platte drängeln, weil es im Ruhrgebiet nicht genügend Badegewässer gibt. Noch ein Grund, einfach die Pumpen abzustellen.

„Ja", sage ich. „Thunfisch. Und?"

„Die armen Tiere", sagt der Mann.

„Delphinfreundlich gefangen", sage ich. „Dafür mussten keine Delphine sterben!"

„Aber ein Thunfisch", sagt der Typ. „Und darum geht es ja genau. Dass alle immer meinen, es ginge nur um die Delphine! Weil die so nett lächeln. Können sie aber gar nichts für, die Delphine, dass sie so nett lächeln, selbst wenn es denen schlecht geht, lächeln die noch, selbst wenn sie tot sind."

Der Typ hat eindeutig einen an der Klatsche. „Und du?", sage ich und zeige auf seinen Einkaufskorb, in dem sich eine Flasche Wasser, eine Tube Remoulade und eine Dose Mais befinden. „Glaubst du, dein Scheißmais wäre gut für die Umwelt? Die zunehmende Vermaisung begünstigt das Artensterben. Aber das ist dir ja egal! Scheiß auf Biodiversität. Solange du nur deinen Mais fressen kannst."

Ich knalle ihm meinen Einkaufskorb vor die Füße und verlasse diesen beknackten Supermarkt des Jahres. Wieder muss ich an Steffis Ex denken. Genau so ein Kackarsch. Mit seinem bescheuerten Aston Martin, der immer noch im Parkhaus am Starlight steht. Und plötzlich weiß ich, dass ich dieses Mal meinen Geburtstag feiern werde. Mit Lola. Und mit Steffi. Und ich weiß auch schon, wie.

„Lola", sage ich, als sie ans Telefon geht. „Ich hab Geburtstag. Lass uns feiern. In Bochum. Bring Farbe mit."

GLÜCK AUF

Zögernd drücke ich auf den Klingelknopf. Tim steht neben mir und bohrt in der Nase.

„Mensch, Tim", sage ich. „Bitte nicht popeln."

Was soll Theos Mama von uns denken, wenn sie die Tür aufmacht und Tim popelnd davor steht? Was soll Theos Mama denken, die doch Künstlerin ist und total schöngeistig. Ich bewundere das. Wie sie ganz gewählt ein Wort hinter das andere setzt. Ich glaube, sie ist die einzige in unserer Kita-WhatsApp-Gruppe, die immer alle Satzzeichen richtig setzt.

Aber Theos Mama macht die Tür nicht auf.

Theo macht die Tür auf. Im Schalke-Schlafanzug, den er sicher von seinem Papa, nicht von seiner Mama bekommen hat. Die Haare strubbelig.

„Ist deine Mama da?", frage ich.

Theo nickt.

„Kannst du sie mal an die Tür holen?", frage ich.

Theo schüttelt den Kopf. „Mama schläft", sagt er. „Ist doch keine Kita."

„Und ihr Auftrag?", frage ich.

Theo zuckt mit den Schultern. Plötzlich kriege ich

Angst. Was, wenn sie nicht bloß schläft? Was, wenn Theos Mama über Nacht gestorben ist? Liest man doch immer wieder. Herzmuskelentzündung oder so.

„Darf ich rein?", frage ich Theo.

Der nickt. Macht einen Schritt zur Seite, sodass ich in den Flur treten kann. Tim im Schlepptau, der schon wieder seinen Finger in der Nase hat.

„Tim", sage ich.

„Glück auf", sagt Tim.

„Wie jetzt?", frage ich.

„Ich such nach Kohle", sagt Tim und fängt an zu summen. Vielleicht habe ich das Steigerlied in letzter Zeit zu oft gehört. Weil das Singen des Steigerlieds doch jetzt laut UNESCO-Liste immaterielles Kulturerbe ist.

„Komm", sagt Theo und zieht Tim hinter sich her ins Wohnzimmer, wo die Fellfreunde der Paw Patrol über einen großen Bildschirm flitzen. Theos Mutter ist ganz sicher tot. Sonst würde Theo so etwas nicht gucken.

„Wo schläft deine Mama denn?", frage ich, während Tim und Theo sich nebeneinander auf das Sofa hocken.

Theo deutet Richtung der nächsten Zimmertür. Auf Zehenspitzen laufe ich darauf zu. Auf Zehenspitzen, obwohl das natürlich völliger Quatsch ist. Die Paw Patrol ist echt laut und Theos Mama kann mich ja sowieso nicht mehr hören. Jetzt, wo sie tot ist.

Ich klopfe und öffne dann die Tür. Ich weiß gar nicht, wie Theos Mama wirklich heißt, fällt mir auf. In der WhatsApp-Gruppe haben wir uns alle nur als „die Mama von" vorgestellt. Und so habe ich die Nummern der anderen Mütter auch abgespeichert. Nur Mütter übrigens. Kein einziger Vater. Und weil ich also nicht weiß, wie Theos Mama wirklich heißt, rufe ich leise „Theos Mama" in den Raum. Und noch einmal lauter. Und noch lauter. „Theos Mama!", rufe ich zuletzt sehr laut, aber Theos Mama antwortet nicht. Ist ja klar, wo die doch tot ist. Ich reiße den Vorhang auf. Theos Mama bewegt sich. Scheibenkleister, jetzt ist die auch noch ein Zombie oder so. Ich hasse Zombies. Nicht einmal Zombiefilme gucken kann ich.

„Scheiße", sagt Theos Mama und starrt mich entgeistert an. Dann zieht sie sich die Oropax aus den Ohren. „Was ist hier los?"

Und mir ist schon klar, dass das jetzt ein ziemlich blödes Licht auf mich wirft. Das Paradoxe ist ja: Wenn Theos Mama echt tot wäre, wäre es völlig okay gewesen, dass ich hier einfach reinlatsche. Bloß hätte sie es dann gar nicht mitgekriegt. Und jetzt, wo sie lebt, ist es natürlich total daneben, dass ich hier mitten in ihrem Schlafzimmer stehe.

„Tut mir leid", sage ich. „Ich dachte nur ... Wegen des Streiks heute. Ich habe mir freigenommen. Und ich dachte, es ist dir vielleicht eine Hilfe, wenn ich mitkomme zu dem Auftrag, weil ich dann ein Auge auf die Jungs haben kann, während du arbeitest. Aber ist echt übergriffig von mir. Tut mir leid."

„Ach du Schei...benkleister", sagt Theos Mama. Und ich sehe jetzt, dass sie weint. „Würdest du das wirklich tun? Ich weiß ja nicht einmal, wie du richtig heißt", sagt sie und wischt sich mit dem Handrücken über die Nase.

Und als wir wenig später auf der Halde Hoheward in Herten stehen, frage ich mich, warum ich nicht schon viel eher auf die Idee gekommen bin, dass wir mal zusammen was unternehmen können.

WENIGSTENS DAS

„Hab einen schönen Tag, Frigga", sagt Paul. Und ist schon aus der Tür, während ich Geschirr und Besteck vom Frühstück in die Spülmaschine räume. Hab einen schönen Tag, summt es in meinem Kopf, als ich am Fenster stehe und auf den Balkon blicke. Und auf die Häuserfassaden dahinter. Wenn ich doch stattdessen den Himmel sehen könnte. Er könnte grau sein. Oder blau. Es macht keinen Unterschied. Hab einen schönen Tag, summt und summt und summt es in meinem Kopf, während mir nicht mehr einfallen will, wie ich vom Fleck komme.

Wenn es nach Paul gegangen wäre, würden wir in München wohnen. In Berlin. In Hamburg. Oder wenigstens Köln. Ich sollte einkaufen fürs Abendessen, denke ich. Paul wird sich freuen, wenn ich fürs Abendessen einkaufe. Wenigstens das, denke ich. Und weiß plötzlich wieder, wie ich einen Fuß vor denen anderen setzen muss. Das Summen verstummt. Jetzt oder nie, denke ich und bin schon in die Ballerinas geschlüpft.

Dann stehe ich auf der Straße. Der Himmel ist blau. Man sieht keinen Horizont. Ich spüre, wie meine Lunge sich zusammenzieht. Wenn es nach Paul gegangen wäre, wären wir nicht hier. Ich war es, die zurückgeschreckt ist bei dem Gedanken an zu viel Dichte. Also sind wir hierhergezogen. Ins Ruhrgebiet. Das ist doch ein Kompromiss, hat Paul gesagt. Eine Metropolregion mit den politischen Strukturen und dem öffentlichen Nahverkehr einer Provinz. Wie abschätzig Paul schaut, wenn er das sagt. Wie enttäuscht er mich ansieht, jedes Mal, wenn ich es nicht geschafft habe, fürs Abendessen einzukaufen. Ich spüre, wie meine Lunge schrumpft.

Ich schließe die Augen und denke an die See. Atme ein. Und aus. Und ein. Und aus.

Ich schaffe es bis zum Supermarkt. Ich schaffe es, jeden Punkt abzuarbeiten, den ich mit Kugelschreiber notiert habe, damit ich etwas habe, woran ich mich festhalten kann, wenn mitten im Supermarkt die Atemnot einsetzt. Nur noch zum Ziegenkäse, kann ich mir dann sagen, nur noch zur groben Leberwurst, zum Körnerbrot.

Meine Ballerinas sind blau. Ich habe sie gekauft, weil sie mich an Ballerinas erinnern, die ich als Kind getragen habe. Damals. An der See. Als ich noch keine Angst gekannt habe. Und keine Atemnot. Wann hat das angefangen, dass mir ganz plötzlich die Lunge schrumpft? Ich pralle gegen jemanden. „Pass doch auf", werde ich angeschnauzt. „Hast du keine Augen im Kopf?"

Erschrocken blicke ich auf. Mache einen Schritt zur Seite. Stehe inmitten von Ranunkeln. Während der Angerempelte schimpfend weiterläuft. Ein. Und aus. Ein. Und aus. Den Blick wieder auf meine Füße gerichtet. Meine Füße, die die Flucht nach vorn wagen. In den

Blumenladen. Pflanzen produzieren O_2. Wo Pflanzen sind, muss es Luft zum Atmen geben.

„Was ist das?", fragt Paul beim Abendessen und zeigt auf den Kies, mit dem ich den Balkonboden bedeckt habe.

„Kies", sage ich.

„Aber warum?", fragt Paul.

„Weil Berg-Sandglöckchen darauf besonders gut gedeihen", sage ich.

Paul sagt nichts mehr. Aber ich sehe die Furchen auf seiner Stirn. Stelle mir vor, dass ich auch dort Berg-Sandglöckchen aussäe. Dass auf dem Balkon und auf Pauls Stirn bald blaue Felder von Berg-Sandglöckchen wogen. Wie soll Paul, der am liebsten in Hamburg, München, Berlin oder wenigstens Köln wohnen würde, verstehen, dass ich mich besser fühle, wenn hier auf dem Balkon Berg-Sandglöckchen wachsen? Eine gefährdete Art, hat der Blumenhändler gesagt. Eine Art, die in gebirgigen Lagen und in den Graudünen der Nord- und Ostseeküste vorkommt, hat der Blumenhändler gesagt. Im Hinterland, hat der Blumenhändler gesagt und gelacht, und ich habe mich gleich in dieses Wort verliebt. Hinterland. Es gibt zu wenig Hinterland in dieser Stadt, habe ich leise gesagt, und der Blumenhändler hat nicht gelacht, sondern gelächelt. Und nur deshalb habe ich mich getraut, mehrere Tüten der Samen zu kaufen. Und einen Sack Kies dazu, den der Blumenhändler mir nach Hause getragen hat. Die wachsen auch auf nährstoffarmen Böden, hat er mir unterwegs erklärt. Eine Pionierpflanze, hat er mir erklärt, und ich habe gedacht, dass Pionierpflanzen sicher sehr mutig

sind. Und dass ich vielleicht lernen kann, eine Pionierpflanze zu sein. Eine, die auch in Straßen gedeiht, wo
man beim Blick aus dem Fenster nur die Häuserfassaden von gegenüber sieht.

„Wie heißen die Blumen noch mal?", fragt Paul beim
Frühstück.

„Berg-Sandglöckchen", sage ich. „Oder Sandknöpfchen.
Oder Berg-Sandrapunzeln", füge ich hinzu, weil ich all
diese schönen Namen schnell auf einen meiner Zettel
geschrieben habe, kaum dass der Blumenhändler gegangen war. Weil ich gedacht habe, dass auch diese Namen etwas sind, woran man sich festhalten kann, wenn
die Atemnot kommt.

„Kann man die essen?", fragt Paul.

Ich schüttle den Kopf.

Ich sage nichts mehr, während Paul seinen Teller ab-
räumt. „Hab einen schönen Tag, Frigga", sagt er dann.
Hält inne. „Deine Blumen werden sicher schön."

Ich schaue noch auf die Häuserfassaden gegenüber,
als Paul längst im Stau auf der A 40 steht, dieser Autobahn, die mich jetzt dauernd daran erinnert, wie alt ich
bin. Ich wünschte, das Häusermeer da draußen würde
zu einem echten Meer. Mit hohen Wogen. Der Himmel
darüber: blau. Bald, denke ich, wird es auf meinem Hin-
terland-Balkon blaue Blüten geben. Und Schwärme von
Insekten, die lauter summen als Pauls Worte. Wie soll
ich einen schönen Tag haben? Wo ich es nicht einmal
schaffe, arbeiten zu gehen. Wo es mir schon schwerfällt,
fürs Abendessen einzukaufen. Aber heute werde ich es
schaffen.

Ich stehe auf der Verkehrsinsel. Und denke: Warum Insel? Wo doch hier kein Wasser, kein Meer, kein Fluss ist. Doch, denke ich. Ein stetiges Fließen, der Verkehr. Ein Rauschen. Ein Tosen. Wie eine Brandung. Mein Hinterland, denke ich. Während die Fußgängerampel von Rot auf Grün und zurück auf Rot, oder vielleicht, während ich die Augen geschlossen halte, endlich auf Blau wechselt.

ZWISCHEN ZEILEN

Eigentlich ist es ein Tag wie immer.

Wie immer stehe ich kurz vor Schichtantritt bei Hakan an der Bude.

Wie immer fragt er: „Willzen Käffken oder lieber'n Kornjack?"

Und wie immer sage ich: „Käffken reicht."

Natürlich weiß Hakan, dass es Cognac heißt. Und natürlich weiß er, dass ich im Dienst nicht trinke. Überhaupt hab ich bei Hakan nur einmal Alkohol getrunken, nämlich Champagner, den Hakan für besondere Anlässe unter der Ladentheke hat, an meinem Vierzigsten. Aber da hatte ich auch frei. Und natürlich spricht Hakan normalerweise nicht so. Aber das wollen die Leute eben hören, sagt er. Vor allem die, die zu Besuch ins Ruhrgebiet kommen. Weil sie glauben, dass wir hier so sprechen. Hakan war Professor für Germanistik. Bis er die Nase voll hatte. Da hat der sich einen Wohnwagen zur Bude umgebaut und mitten in die Stadt gestellt. Seitdem verkauft er Kaffee und bunte Tüten, Brötchen, Zeitungen und Zeitschriften. Und eben Champagner.

Manchmal habe ich den schon ein bisschen beneidet. Dass der einfach so sein Leben geändert hat. Um 360 Grad gedreht oder wie viel auch immer. Aber dann habe ich gedacht: Mensch, Ramona. Du magst doch dein Leben, wie es ist. Geld damit verdienen, Bus zu fahren. Immer wieder dieselben Strecken. Zwischendurch ein Pläuschchen. Mit den Leuten, die einsteigen. Oder morgens mit dem Hakan.

Und das wäre sicher alles so weitergegangen und ich hätte wirklich geglaubt, dass ich glücklich bin. Aber dann war da gestern das Mädchen im Bus. Wie die sich über ihr Geschenk gefreut hat. „Ein Buch!", hat sie gerufen. Als ob es das Beste wäre, was ihr hätte passieren können. Und plötzlich habe ich mich erinnert, wie sich das angefühlt hat, wenn ich früher im Bücherbus gestanden und mit den Händen über die Buchrücken gestreichelt habe. Und wie es war, ein Buch zu lesen. Wie ich mit Momo in die Ruine des alten Amphitheaters gekrochen bin, mit der roten Zora und ihrer Bande ins Versteck in der verfallenen Burg, mit Ronja und Birk in die Bärenhöhle im Wald. Immer habe ich bloß lesen wollen.

Und an die Schule habe ich denken müssen. Wie mein Lehrer gesagt hat: „Schlagt eure Bücher auf." Und wie ich gesagt habe: „Aber ich will mein Buch nicht schlagen!" Wie ich die Hände vor der Brust verschränkt habe. Und wie mein Lehrer dann irgendwann später meiner Mutter erklärt hat, dass manche Kinder eben langsamer sind. Als die wissen wollte, warum ich so schlecht in der Schule bin, wo ich doch immer so viel lese. Seit mein Lehrer gesagt hatte, dass manche Kinder eben etwas langsamer sind, wollte meine Mutter nicht mehr, dass ich so viel lese. „Du verdirbst dir noch die Augen", hat sie gesagt, wenn sie mich beim Lesen erwischte. „Wenn du dir die Augen verdirbst, musst du eine Brille tragen. Aber wenn du schon nicht schlau sein kannst, musst du wenigstens schön sein."

So lange hat sie es gesagt, bis ich aufgehört habe zu lesen. Ich bin nicht mehr in die Bücherei. Und nicht mehr in den Bücherbus. „Ich lese nie wieder ein Buch", habe ich gesagt. Und das auch durchgezogen. Bis heute. Nur beim Hakan lese ich manchmal die Schlagzeilen der Zeitungen und Illustrierten. Aber seit gestern kriege ich das Mädchen nicht mehr aus dem Kopf.

Die Ampel zeigt rot. Gedankenverloren starre ich aus dem Fenster. In den Bus, der in die Gegenrichtung fährt. Und traue meinen Augen nicht. Da sitzen sie. Wirklich! Momo, Ronja und Zora. Momo und Ronja knutschen. Momos Locken stehen wild vom Kopf ab. Die Hände hat sie in Ronjas dicken, dunklen Haaren vergraben. Zora hat den Kopf an die Fensterscheibe gelehnt und schläft. Orangerote Strähnen fallen ihr ins Gesicht. Das ist doch ein Zeichen! Wartet, will ich rufen. Aber da fährt der Bus mit Ronja, Zora und Momo schon wieder los. Ich muss da hinterher, denke ich. Wenn nur die Ampel endlich grün werden würde. Ich starre auf Rot. Und dann springt die Ampel endlich um. Auf Blau. Ich schwöre. Vielleicht hat Hakan mir ja doch Cognac in den Kaffee geschüttet. Was heißt das denn jetzt, wenn die Ampel auf Blau steht? Ich guck in den Rückspiegel. Der Bus ist rappelvoll. Mit Büchern müsste er voll sein, nicht mit Menschen, denke ich. Die Ampel springt wieder auf Rot. Und ich weiß auch nicht, was in mich gefahren ist. Jedenfalls betätige ich die Lautsprecheranlage und sage: „Bitte steigen Sie alle aus."

„Wieso das denn?", will ein Typ mit Goldkettchen und Hawaiihemd wissen.

„Geht halt nicht weiter", sage ich. Und weil der Hakan mir gerade erst von diesen Leuten erzählt hat, die sich auf der Straße festkleben, um auf den Klimawandel hinzuweisen, sage ich: „Da haben sich welche festgeklebt. Auf allen Autobahnen und Schnellstraßen des Ruhrgebiets. Da geht heute nichts mehr." Der Typ starrt mich entgeistert an.

„Und wie kommen wir hier weg?", fragt eine Frau im Blümchenkleid.

„Kann ich Ihnen auch nicht sagen", sage ich. „Aber wenn Sie jetzt aussteigen, kriegen Sie sicher Ihr Geld zurück. Mobilitätsgarantie."

Da steigen sie alle schnell aus. Wir sind echt Kummer gewöhnt mit dem ÖPNV im Ruhrgebiet. Da ist die Mobilitätsgarantie schon das höchste der Gefühle. Und wie sie dann alle so draußen an der Haltestelle stehen, springt die Ampel auf Grün. Dieses Mal wirklich. Ich fahre los. Ganz beschwingt. Weil ich plötzlich genau weiß, was ich tun werde: Bücher kaufen. Jede Menge Bücher. Den ganzen Bus werde ich mit Büchern füllen. Bis oben hin. Und niemand wird mich mehr trennen können von Momo und Zora und Ronja. Ich sehe die Schlagzeile von morgen schon vor mir: *Busfahrerin (40) der Vestischen spurlos verschwunden.* Zwischen Zeilen spannt sich mein Leben neu auf.

DANN WENIGSTENS MIT STIL

„Geht halt nicht weiter", hat die Busfahrerin gesagt. Und dann hat sie etwas gesagt, was mich komplett aus der Bahn geworfen hat: „Da haben sich welche festgeklebt. Auf allen Autobahnen des Ruhrgebiets. Da geht heute nichts mehr."

Jetzt bin ich hier. Irgendwo mitten in Gladbeck. Dass ich mich hier null auskenne, nur mal vor Urzeiten im Wasserschloss Wittringen gewesen und natürlich das ein oder andere Mal durchgefahren bin, über die A2 oder die A52 von Gelsenkirchen aus, ist eindeutig mein geringstes Problem. Das eigentliche Problem ist, dass die einfach ohne mich angefangen haben zu kleben. Und das auf allen Autobahnen im Ruhrgebiet. So groß war unser Plan doch gar nicht. Einen Abschnitt auf der A40 hatten wir gesagt. Die haben die Pläne geändert. Ohne mir Bescheid zu sagen. Das muss ein Irrtum sein. Noch einmal prüfe ich mein Handy. Aber keine Nachricht. Es ist kein Irrtum. Die haben mir wirklich nicht Bescheid gesagt. Ob aus Absicht oder aus Gedankenlosigkeit, ist eigentlich schon egal. Wochen-, ach was, monatelang haben wir unsere Pläne geschmiedet. Inspiriert von der Letzten Generation. Ja, es war ausgemacht, dass wir das alles relativ spontan machen. Kurz vorher die Info kriegen, dass es losgeht. Damit dann alle, die dabei sind, vielleicht gerade noch genug Zeit haben, ihre Sachen zu schnappen und zum Treffpunkt zu kommen. In Bochum-Hamme. Im Schatten der A 40. Zwischen Schlachthof und Bordell. Und jetzt haben die einfach ohne mich angefangen. Sollte ich drüber stehen. Geht ja ums Prinzip. Hauptsache, es wird ein Zeichen gesetzt, mit oder ohne mich. Hauptsache, irgendwer klebt sich auf den Autobahnen fest. Aber um ehrlich zu sein, triggert mich das gerade hart. Flashback. Fünfte Klasse. Weiterführende Schule. Ich werde als letztes im Sportunterricht in die Mannschaft gewählt. Immer. In jede Mannschaft. Flashback. Sechste Klasse. Die beknackten Mobber machen uns fertig. Immer nur Max und mich. Auch wenn man das damals in der Schule noch nicht Mobbing genannt hat. Hänseln hieß das. Ein paar Hänseleien unter Jungs, hat auch die Vertrauenslehrerin gesagt. Ja, danke. Ein paar Hänseleien unter Jungs. Hat mir auch nicht geholfen, wenn die Arschlöcher mal wieder meinen Kopf ins Klo gedrückt haben. Wenn sie im Bus von Spucke durchtränkte Papierknüllchen nach mir geworfen haben. Wenn auf dem Bürgersteig wieder einer ohne Vorankündigung meine Beine von hinten weggezogen hat. Will ich jetzt nicht dran denken. Ich zuppel an meinem Goldkettchen herum. Wie immer, wenn ich nervös bin. Das Goldkettchen habe ich, seit ich 14 bin. Fand ich cool damals. Rappermäßig. Die beknackten Mobber fanden, dass ich damit wie Thomas Anders aussehe. Vielleicht wegen der langen dunklen Haare, die ich heute längst kurz trage. Dunkel sind sie auch nicht mehr. Früh ergraut. Stimmt nicht. Mein Friseur hat es mir erklärt. Nicht grau, sondern farblos. Jedenfalls: Eine Weile habe ich das Kettchen nicht mehr tragen wollen. Bis ich 16 war. Und endlich kapiert habe, dass es scheißegal ist, wie sehr ich mich anzupassen versuche. Die fanden ja doch immer neue Gründe, mir das Leben zur Hölle zu machen. Da hab ich gedacht: Wenn schon Hölle, dann wenigstens mit Stil. Seitdem trage ich das Goldkettchen. Das mich an das erinnert, was ich nicht vergessen darf: Dass es gut und richtig ist, wie ich bin. Und das Hawaiihemd? Alter, ey. Gefällt mir halt, okay? Muss doch nicht immer alles mit Bedeutung aufgeladen sein. Aber zurück zum Status quo. Ich. Mitten in Gladbeck. Hart getriggert. Ich würde Celina kontaktieren. Bloß will ich das nicht von meinem Handy. Wenn die Polizei vielleicht ihr Handy schon überwacht oder so? Wieder zuppel ich an meinem Goldkettchen rum. Und dann seh ich ihn da liegen. Diesen Typen. Mitten auf einem Grünstreifen in der Fußgängerzone. Alter, muss der sich weggeballert haben. Für einen Obdachlosen ist er zu nice gedressed. Ich beug mich über den. Er schnarcht. Lebt also. Ich rüttle vorsichtig an ihm. Da rutscht ihm sein Smartphone aus der Tasche. Junge, denke ich, Schicksal. Ich klaue ihm das ja nicht. Ich leihe es mir nur ein Weilchen aus. Vorsichtig betaste ich seine Hose. Da, sein Portemonnaie. Vorsichtig ziehe ich es ihm aus der Tasche. Nur wegen der Adresse.

Schon klar. Ich hab mich gerade aufgerichtet, da macht der Typ die Augen auf. Fuck. Jetzt bloß nicht auffallen. Ich lasse Handy und Portemonnaie schnell in meinen Rucksack fallen. Dann bleibe ich vor einem Schaufenster stehen und betrachte in aller Seelenruhe die Auslage. Ein Juwelier. Vielleicht sollte ich mir zum Geburtstag mal neuen Schmuck aussuchen. Einen fetten Ring oder so. Muss ich ja nicht jetzt entscheiden. Ist noch ein paar Monate hin bis zum meinem Vierzigsten. Aber vielleicht wäre es mal wieder Zeit, ein Zeichen zu setzen. *Goldankauf*, steht auf einem Schild im Schaufenster. Auch gut zu wissen, denke ich. Falls mal alles hart auf hart kommt, kann ich mein Kettchen versetzen. Nee, denke ich dann. Doch nicht mein Kettchen. So. Und jetzt erst mal verdünnisieren und Kontakt zu Celina aufnehmen. Den Code vom Handy kriege ich schon geknackt. Wahrscheinlich das Geburtsdatum von dem Typen. Das Portemonnaie habe ich ja. Ich dreh mich um. Der Typ schwankt auf mich zu. Fuck. Zu lange gewartet. Jetzt gibt es Stress.

„Entschuldigung", sagt er, „wie komme ich denn von hier zum Starlight Express?"

WIRKLICH AM ARSCH

Eigentlich wollte ich doch bloß ins Starlight Express. Nein. Falsch. Steffi wollte dahin. Und ich wollte ihr eine Freude zum Geburtstag machen. Zu meinem Geburtstag wohlgemerkt. So einer bin ich nämlich. Klar gucken wir uns das an, habe ich gesagt. Aber konnte ich doch nicht wissen, dass das nur in Bochum gezeigt wird. Ich meine: Bochum! Hamburg, hatte ich gedacht. Da werden doch sonst alle Musicals in Deutschland gezeigt. Fahren wir die dreieinhalb Stunden runter, hatte ich gedacht, gucken uns das an, gehen nett was essen, feiern ein bisschen rein und am nächsten Tag zurück. Oder London mit dem Flieger. Nach dem Musical irgendwo tanzen gehen. Und am nächsten Nachmittag ausgeschlafen zurück. Fehlanzeige. Bochum also. Hätte ich Steffi stattdessen lieber endlich den Antrag gemacht, auf den sie schon so lange wartet. Lieber heiraten als noch mal nach Bochum fahren. Und dann die ganzen Baustellen unterwegs von uns bis runter in die Stadt, die ich nur aus dem Grönemeyer-Lied kannte.

„Können Sie uns nicht doch noch reinlassen?", habe ich die Frau mit den dunklen Locken bekniet, die im Foyer stand, als Steffi und ich endlich angekommen sind.

„Nee", hat sie gesagt und den Kopf geschüttelt, dass die Locken flogen.

„Wir sind extra aus Sylt hergekommen", habe ich gesagt.

„So", hat die Frau gesagt. „Extra aus Sylt."

Ich habe genickt und gewusst: Jetzt wird sie weich.

„Extra aus Sylt", hat sie noch mal gesagt. „Mit dem Auto, oder wie?"

„Ja", habe ich gesagt. „Genau. Und Sie wissen ja, die Baustellen ..."

„Mit dem Auto", hat sie gesagt und die Arme verschränkt. „Mal eben von Sylt mit dem Auto runter. Für ein Musical. Ist Ihnen das gar nicht peinlich?"

„Na ja", habe ich gesagt und einen Seitenblick auf Steffi geworfen, die in ihren Reiseführer vertieft zu sein schien, die langen braunen Haare wie ein Vorhang im Gesicht. „Ein bisschen schon. Musical ist nicht wirklich mein Ding." Mein charmantestes Lachen habe ich gelacht und gesagt: „Aber meine Freundin ...", an der Stelle bin ich in den Flüsterton gewechselt. „Ist halt ihr großer Wunsch gewesen, einmal Starlight Express zu sehen. Hätte ich das mit den Baustellen gewusst, hätten wir den Privatjet genommen."

„Hast du eigentlich mal über die Größe von deinem scheiß-ökologischen Fußabdruck nachgedacht?", hat die Frau mich angefahren, dass Steffi zusammengezuckt ist. „Von Sylt aus mit dem Auto runterfahren für ein beknacktes Musical? Privatjet? Sag mal, hast du sie noch alle?"

Ich hab ihr ja nicht ansehen können, dass sie eine linksversiffte Ökoaktivistin ist. Obwohl, ahnen können hätte ich es schon. Wenn man für ein Musical über Züge arbeitet. Ich meine: Züge! Mit anderen auf engstem Raum zusammensitzen. Da lobe ich mir doch den Individualverkehr. Wir sind doch alles Individualisten, oder nicht? Unikate. Da müssen eben auch die Verkehrsmittel passen. Choose your life.

„Komm", habe ich zu Steffi gesagt und nach ihrer Hand gegriffen. Ich wollte nur weg. Weg aus diesem Bochum. Zurück nach Westerland.

Aber Steffi hat ihre Hand weggezogen. „Nein", hat sie gesagt. „Ich geh nicht mit."

„Wie meinst du das jetzt?", habe ich gefragt.

„So wie ich das sage", hat sie geantwortet. „Ich geh nicht mit dir."

Da bin ich wütend abgedampft. Soll sie doch hierbleiben, habe ich gedacht. Und in diesem Bochum versauern. Am liebsten wäre ich gleich ins Auto und zurück. Aber dann hatte ich doch ein schlechtes Gewissen Steffi gegenüber. Die wird sich schon gleich melden, habe ich gedacht. Und dann kann ich ja schlecht sagen, dass ich tatsächlich ohne sie los bin. Unter uns: Ich wusste auch schlichtweg nicht, wo in diesem elenden Parkhaus der Aston Martin steht. Steffi merkt sich so etwas. Steffi ist die mit dem guten Orientierungssinn. Ich bin also ein bisschen gelaufen. Um mir die Beine zu vertreten nach der langen Fahrt. Und auch, weil ich ja sonst nichts zu tun hatte. Und irgendwie bin ich in einem Ausgehviertel gelandet. Nicht die Art von Bars, in die ich sonst so gehe. Aber wenn das Leben gerade so richtig nervt, tut es auch eine Sportsbar mit Happy-Hour-Angebot. Ich mich also an den nächstbesten Tresen gesetzt und einen ersten White Russian bestellt. Dann noch einen. Und noch einen. Nach dem vierten war mir egal, dass ich nicht mehr würde fahren können. Eigentlich fing ich sogar an, mich ganz wohl zu fühlen an diesem Tresen. Und die Drinks? Ganz ehrlich: Ich bin der Meinung, dass man sich nicht nur die Frauen schön, sondern auch die Drinks lecker trinken kann, wenn es sein muss. Ich saß da also an diesem Tresen. Hab um Mitternacht Steffi eine WhatsApp geschickt und meinen Standort gleich hinterher, weil ich gedacht hab: Vielleicht will sie ja mit mir feiern. Und vielleicht mache ich ihr sogar den Antrag, habe ich gedacht. Nein, nicht vielleicht. Ganz sicher. Richtig glücklich bin ich bei dem Gedanken geworden. Glücklich und ruhig. Dann bin ich eingenickt.

Und jetzt bin ich wieder wach. Mein Kopf dröhnt, aber sonst geht es mir ganz gut. Mit dem Rücken auf irgendeiner Wiese, den Blick zum Himmel, wo die Sonne scheint. Ich rapple mich hoch und merke, dass ich auf einem Rasenstück mitten in der Fußgängerzone gelegen habe. Ich schau mich um und erkenne original nichts wieder.

„Entschuldigung", frage ich einen Mann mit offenem Hawaiihemd und Goldkettchen, „wie komme ich denn von hier zum Starlight Express?"

Der Typ kratzt sich am Kopf und sagt: „Das ist doch in Bochum, oder?"

„Ja sicher ist das in Bochum", sage ich. „Wo soll das denn sonst sein?"

„Tja", sagt der Typ. „So gut kenne ich mich mit den Fahrplänen nicht aus. Müsstest du im Bus fragen, wie du nach Bochum kommst."

Und wahrscheinlich gucke ich den Typen gerade an, als käme der vom Mars. „Aber wir sind doch hier in Bochum", sage ich.

„Nee", sagt der Typ und lacht. „Gladbeck."

Und jetzt weiß ich, dass ich wirklich am Arsch bin. An einem Ort, von dem ich im Leben noch nicht gehört habe. Ein Ort, über den selbst Grönemeyer wahrscheinlich noch nie gesungen hat. Oder wenn, dann nur unter der Dusche. Ob Grönemeyer wohl unter der Dusche singt? Ist ja auch egal jetzt. Bringt mich nicht weiter. Also bedanke ich mich bei dem Typen und taumle ein bisschen durch die Fußgängerzone, bis ich zu einem Wohnwagen komme, in dem einer Zeug verkauft. Zeitschriften und so. Und als ich aufs Datum der Tageszeitung gucke, sehe ich, dass mein Geburtstag schon ein paar Tage her ist. Alter Verwalter. Kann nicht sein, denke ich und wühle in meiner Hosentasche nach dem Handy. Weg. Genau wie mein Portemonnaie. Ich müsste jetzt so richtig in Panik ausbrechen. Aber im Ernst: Irgendwie bin ich voll glücklich jetzt. Keiner kann mich mehr erreichen. Steffi nicht und sonst auch keiner. Keiner kann mir beweisen, wer ich bin. Plötzlich fühlt sich alles ganz leicht an. Selbst mein Brummschädel. Ein Neustart. Das ist das schönste Geschenk, das ich mir zum Vierzigsten machen kann.

„Tschuldigung", sage ich zu dem Mann, der im Wohnwagen hinter einer seitlich eingebauten Ladentheke steht. „Kriege ich bei Ihnen Prosecco?"

„Hömma", sagt der Mann. „Hömma, hier gibbet keinen Prosecco, wo kommst du denn wech?"

„Sylt", sage ich.

„Sylt", sagt der Mann. „Mein lieber Kokoschinski. Und wat willze dann hier? Nee, watte, sach nich. Ich weisset schon. Woanders is auch scheiße."

Ich bin komplett geflasht. Ich meine: Ruhrpottslang, klar. Aber dass die echt so reden. „Krass", sage ich deshalb auch zu dem Mann. „Ihr redet hier ja echt so. Darauf trinken wir jetzt aber einen."

Da greift der Typ unter die Theke, holt eine Flasche Champagner hervor und sagt in lupenreinem Hochdeutsch: „Prosecco führen wir nicht, mein Herr. Veuve Clicquot kann ich Ihnen anbieten."

MAN MUSS SICH DOCH NUR ETWAS MÜHE GEBEN

Du kannst überall in Deutschland glücklich werden, hat meine Mutter gesagt, nur nicht in Ostwestfalen. Ich hab sie nie gefragt, warum ausgerechnet dort nicht. Jetzt ist es zu spät dafür, weil sie schon vor Jahren gestorben ist. Und eigentlich ist es auch egal, warum gerade Ostwestfalen nicht zum Glücklichsein taugen sollte. Denn ich bin hier, in Gladbeck, und nicht in Ostwestfalen. Aber glücklich bin ich trotzdem nicht. Glück. Ich weiß gar nicht mehr, wie sich das anfühlt. Obwohl ich glücklich gewesen bin. Früher. Ganz sicher bin ich glücklich gewesen auf dem Fußballplatz. Als Kind. Und auch später. Zu Beginn meiner Profikarriere. Meistens jedenfalls. Aber das ist lange her. Vielleicht haben sich die Zeiten geändert. Vielleicht stimmt der Satz meiner Mutter nicht mehr. Jedenfalls nicht mehr für alle. Sondern nur noch für Menschen wie Daisy Sonnenschein.

Natürlich heißt sie nicht wirklich Daisy Sonnenschein. Ich nenne sie nur so, weil der Name passt und weil ich keine Ahnung habe, wie sie wirklich heißt. Daisy Sonnenschein läuft jeden Morgen und jeden Nachmittag hier entlang. Am Mäuerchen vorbei, auf dem ich sitze. Auf dem ich sitze, egal, wie kalt es draußen ist. Oder wie heiß. So wie heute. Daisy Sonnenschein beachtet das Mäuerchen nicht. Zu unscheinbar ist es. Und zu unscheinbar bin auch ich. Eine wie Daisy Sonnenschein sieht nur den blauen Himmel und die Blumen auf der Verkehrsinsel. Weil sie noch das Schönste sind, hier an der Haltestelle Goetheplatz. Nur im Winter, wenn keine Blumen mehr da sind und der Himmel grau ist, könnte es Daisy Sonnenschein versehentlich passieren, dass ihr Blick mich streift, mich und die Mauer, auf der ich sitze, egal zu welcher Jahreszeit.

Ich sollte es Daisy Sonnenschein nicht übelnehmen, dass sie gern Blumen anschaut. Meine Mutter hat Blumen geliebt. Ohne meine Mutter könnte ich Krokusse und Herbstzeitlosen nicht unterscheiden. Und ich nehme Daisy Sonnenschein ja auch gar nicht übel, dass sie gerne Blumen anschaut. Ich verstehe bloß nicht, wie man Blumen anschauen und dabei Menschen übersehen kann. Und wieder muss ich an meine Mutter denken. Meine Mutter, die sehr genau unterschieden hat, was in unserem Garten Blume und was Unkraut war, und die sehr rigoros alles, was nicht Blume war, rausgerissen und weggeworfen hat.

Was würde meine Mutter sagen, wenn sie mich jetzt so sehen könnte? Wenn ich daran denke, bin ich froh, dass sie tot ist und mich nicht mehr sehen kann. Meine Mutter hätte kein Verständnis dafür, warum ich mich nicht ein bisschen zusammenreißen kann. Weil es doch genug Wohnraum für alle gibt und weil doch jedem geholfen werden kann. Aber manche Menschen wollen sich halt nicht helfen lassen, hätte meine Mutter sicher beim Anblick von jemandem wie mir gesagt. Und vielleicht hat sie ja recht. Vielleicht will ich mir nicht helfen lassen. Schon allein beim Gedanken daran werde ich müde.

Und auch ich hätte damals, als es mit meiner Profikarriere steil bergauf ging, kein Verständnis gehabt für jemanden, der den ganzen Tag, egal bei welchem Wetter, auf einem Mäuerchen hockt, statt sich um ein Dach überm Kopf zu bemühen. Nur hatte ich dann meine Verletzung. Und dann war ich von einem auf den anderen Tag überflüssig wie das Unkraut im Garten meiner Mutter. Ich muss aufhören an meine Mutter zu denken. Vielleicht, überlege ich, wenn ich den Klimawandel abwarte, wird es hier wieder ein feuchtwarmes Klima geben wie im Karbon-Zeitalter. Vielleicht falle ich dann eines Tages einfach vom Mäuerchen in die Sumpflandschaft, die bis dahin um mich her entstanden sein wird. Falle um wie die Schachtelhalme im Karbon. Werde zusammengedrückt durch die nachkommenden Schichten und verwandle mich nach und nach in Kohle. Das hat etwas Tröstliches. Vielleicht wird eines Tages dann wieder Kohle abgebaut hier im Revier.

Und dann sind da auf einmal die beiden Tauben. Hocken am Straßenrand, genau in meinem Blickfeld. Dicht beieinander. Wirken so, als hätten auch sie nichts zu tun. Vielleicht mal Brieftauben gewesen, aufgrund von Verletzungen in den vorzeitigen Ruhestand geschickt worden, stelle ich mir vor, weil es hier kaum noch Taubenväter gibt. Ich guck mir die Tauben an und wünschte, ich hätte auch jemanden, mit dem zusammen ich auf dem Mäuerchen sitzen und vor mich hin starren könnte. Richtig neidisch werde ich auf die Tauben, wie sie da so zusammenhocken. Dann kommt der Bus. Aber er hält nicht, sondern fährt in vollem Tempo weiter. Die eine Taube flattert davon. Die andere schafft es nicht schnell genug und gerät unter die Räder des Busses, aus dem gleich Daisy Sonnenschein steigen wird. Da weiß ich wieder, wieso ich es vorziehe, Einzelgänger zu sein. Weil einem so nämlich keiner wegsterben kann. Also starre ich weiter vor mich hin. Und schiebe die Frage, warum Daisy Sonnenschein heute nicht aus dem Bus gestiegen ist und der Bus nicht einmal gehalten hat, weit weg. Was willst du auch von der, Fred, denke ich. Jemanden wie dich würdigt sie doch ohnehin keines Blickes.

Und wie ich so vor mich hinstarre, steht plötzlich ein Mann vor mir. Im Hawaiihemd und mit Goldkettchen. „Hier", sagt er und hält mir ein Portemonnaie und ein Handy hin. „Aber lass dich nicht erwischen damit." Und schon rennt er davon.

Ach, du dickes Ei, denke ich. Und dann stecke ich schnell Portemonnaie und Handy ein. Du kannst überall auf der Welt glücklich werden, denke ich. Und zur Not wahrscheinlich sogar in Ostwestfalen.

ZUM ABSCHIED SAG ICH DIR GOODBYE

Sie ist es. Doch wirklich. Sie ist es. Ich starre auf den Fernsehbildschirm. Ramona in den Nachrichten. Sie ist verschwunden. Mit dem Bus, den sie gerade fuhr. Hat alle Fahrgäste vor die Tür gesetzt und ist einfach weg. Auf und davon. Und wie so oft singt es in meinem Kopf: *Ramona, zum Abschied sag ich dir goodbye.* Und wie so oft denke ich: Wäre ich doch bei ihr geblieben. Irgendwie habe ich halt gedacht: Das kann doch noch nicht alles gewesen sein. Da muss doch noch mehr kommen. *Ich war noch niemals in New York*, habe ich gedacht. *Ich war noch niemals auf Hawaii. Ging nie durch San Francisco in zerrissenen Jeans.* Anders als im Schlager habe ich aber nicht den stillen Abgang gewählt. Ordentlich verabschiedet habe ich mich. Und Ramona hat mich angesehen und gesagt: *Nein, sorg dich nicht um mich, du weißt, ich liebe das Leben.* Nee.

Hat sie natürlich nicht gesagt.

„Du verdammter Vollidiot", hat sie gesagt. „Für dich hab ich meine besten Jahre drangegeben."

Und jetzt ist sie also on the road.

Und ich? War immer noch nicht in New York. Hin und wieder flaniere ich an der Essener Skyline vorbei. Hawaii … Na ja, immerhin jogge ich auf der Brehminsel. Und San Francisco … Ehrlich gesagt, möchte ich darüber jetzt nicht weiter nachdenken. Dieses Jahr wären Ramona und ich 80 geworden. Also, wenn man unsere Jahre zusammengezählt hätte. Gemeinsam 80. Und gemeinsam hätten wir alt werden können. Gemeinsam wäre alles schöner. Selbst hier zu sitzen und die Nachrichten anzuschauen. Oder wir wären gemeinsam gegangen. Einfach aufgebrochen und weg. Keine Ahnung, wohin. Und jetzt weiß ich auch, was zu tun ist. Ich stehe auf und ziehe meine Jacke an. Ramona, wo immer du jetzt bist: Ich werde dich finden. Und ich werde sagen: *Hello again, ich sag einfach hello again …*

SO SCHÖN.
SO TÜLLIG.
SO GLITZERND.

Noch nie habe ich bei einem Radiosender angerufen. Für kein Gewinnspiel und für keinen Musikwunsch. Überhaupt war ich mit Wünschen immer vorsichtig. Pass auf, was du dir wünschst, Kind, hat meine Mutter oft gesagt, es könnte in Erfüllung gehen. Obwohl ich viele Wünsche gehabt hätte. Ja, wirklich. Was ich mir alles gewünscht habe, ganz insgeheim. Einen Hund. Oder besser noch ein Pferd. Aber die einzigen Pferde, mit denen meine Eltern etwas anfangen konnten, waren Grubenpferde. Auch wenn es selbst in der Kindheit meiner Eltern keine mehr gegeben hat. Trotzdem: Ich stamme aus einer Bergarbeiterfamilie. Mein Vater war Bergmann. Oppa war Bergmann. Der Vater von Oppa war Bergmann. Ich habe in der Vitrine im Wohnzimmer noch eine Grubenlampe stehen. Darf man heute überhaupt noch Grubenlampen im Wohnzimmer stehen haben? Wegen Klimaschutz und so weiter, meine ich. Oder ist das jetzt so, wie wenn man früher einen Pelz getragen hat? Früher haben die Tierschützer Farbbomben auf Pelzmäntel geschmissen, heute sind es die Klimaschützer, die Privatjets mit Farbe beschmieren. Meine Mutter hätte schon gerne einen Pelz gehabt, glaube ich. Manchmal standen wir in Wanne-Eickel, wo wir lebten, vor dem Schaufenster des Pelzgeschäfts und meine Mutter seufzte tief. Gesagt hat sie nichts. Nur geseufzt. Und mich dann an der Hand hinter sich hergezogen. Um mir irgendwelche praktischen Kleidungsstücke zu kaufen. Natürlich hätte ich mir einen unpraktischen Tüllrock gewünscht und unpraktische Lackschuhe. Am allermeisten aber wünschte ich mir eine Pfirsichblütenbarbie. So schön. So tüllig. So glitzernd. Die Pfirsichblütenbarbie war das Gegenteil meiner Mutter. Meiner Mutter mit der geblümten Kittelschürze. Hätte die Pfirsichblütenbarbie sprechen können: Ich bin mir sicher, dass sie alle Wünsche laut ausgesprochen hätte. Und ich? Hätte meine Wünsche manchmal laut rausschreien mögen. Bloß hatte ich halt keine Pfirsichblütenmutter. Später, als ich älter war, habe ich das mit dem Wünschen dann ganz verlernt. Vielleicht gibt es irgendeinen Muskel in unseren Körpern, der für das Wünschen zuständig ist und der verkümmert, wenn man ihn nicht regelmäßig benutzt. Jetzt mit vierzig lerne ich das ganz sicher nicht mehr. Und deshalb rufe ich auch nicht beim Radiosender an, um mir etwas zu wünschen. Sondern um zu sagen, dass irgendwas hier im Ruhrgebiet nicht mit rechten Dingen zugeht. Erst verschwindet dieser Mann aus Sylt mitten im Bochumer Bermudadreieck. Dann die Busfahrerin in Gladbeck. Und jetzt ist mein Mann auch noch weg. Seit gestern. Mitten am Tag. Der wollte doch nur in den Westfalenpark mit unserem Sohn. Auf den großen Turm rauf, den Florian. Und dann ins Kindermuseum Mondomio, wo es diesen Raum gibt. Mit den Wolken an den Wänden, wie ich sie mir für unser Schlafzimmer wünschen würde, wenn ich wünschen könnte. Völlig aufgelöst ist unser Sohn im Museum unterwegs gewesen, als ich gestern da angerufen habe. Beruhigt hat er sich erst, als ich ihn aufgesammelt habe. Die Mitarbeiter hatten schon das ganze Museum abgesucht. Von meinem Mann keine Spur. Und auch heute geht er nicht ans Handy. Kein Lebenszeichen von ihm. Ich weiß, dass dem was passiert ist. Ganz sicher ist dem was passiert. Der legt doch sonst nie sein Handy aus der Hand. Wenn ihm nichts passiert ist, denke ich, wenn ihm tatsächlich nichts passiert ist, dann lassen wir uns umgehend Wolken an die Wände und die Decke im Schlafzimmer malen. Warum nur habe ich das nicht längst schon gemacht ... Noch einmal wähle ich die Hotline-Nummer des Radiosenders. Wieder die Warteschleifenmelodie. Leise, sehr leise fange ich an mitzusummen. *How I wish, how I wish you were here ...*

O-TON BORIS

Hello, again ... Ein ungewöhnlicher Hörerwunsch. Ich glaube nicht, dass ich den Song überhaupt schon mal im Radio gespielt habe. Auch der Anrufer war seltsam. Für Ramona hat er sich das Lied gewünscht. O-Ton: „Ramona, ich werde dich finden." Was da wohl für eine Story hintersteckt? Meint er die verschwundene Busfahrerin? Die hieß doch auch Ramona. Hat die Frau, die vor ihm angerufen hat, am Ende recht? Verschwinden wirklich auffällig viele Leute im Ruhrgebiet in den letzten Tagen? Nee, Boris, nicht abschweifen jetzt. Reiß dich zusammen. Du hast einen Gast im Studio. Und nicht irgendeinen Gast, denke ich, während ich die Kopfhörer wieder aufsetze, sondern einen ziemlich prominenten.

„Liebe Leute", spreche ich ins Mikrofon. „Wir haben heute einen besonderen Gast im Studio. Die Bestsellerautorin Jane McCane!" Ich grinse der Frau zu, die mir gegenüber sitzt und die ebenfalls ein Paar Kopfhörer trägt. Dann sage ich: „Frau McCane. Morgen erscheint Ihr neues Buch. Auf einer Skala von eins bis zehn: Wie aufgeregt sind Sie?"

Jane McCane lacht ein perfekt einstudiertes und trotzdem irgendwie sympathisches Lachen. „Ich würde sagen: glatte hundert."

„Nicht schlecht", sage ich. „Haben Sie schon ein Belegexemplar?"

Sie schüttelt den Kopf. Etwas, was unsere Hörerinnen und Hörer natürlich gar nicht sehen können. Etwas, was ich nicht erwartet habe bei einem Vollprofi wie Jane McCane. Ist da etwa eine kleine Sorgenfalte auf ihrer Stirn? Läuft da etwa was mit dem Erscheinen ihres Buchs nicht glatt? Ich muss grinsen. Nicht wegen der McCane. Ich wünsche der ja gar nichts Schlechtes. Ich muss grinsen, weil ich weiß, was Dirk jetzt sagen würde. O-Ton: „Wittert der Reporter eine brandheiße Story?" Ehe ich Radiomoderator geworden bin, habe ich ja noch richtige Storys gemacht. Fast schon investigativ. Dirk kannte ich damals noch gar nicht. Aber ich habe ihm so oft von dieser Zeit erzählt, dass er nur zu gut weiß, wie sehr mir diese Art zu arbeiten fehlt. „Früher war alles besser", habe ich auch an meinem Vierzigsten zu Dirk gesagt. Und Dirk hat geantwortet (O-Ton): „War es nicht. Da warst du nämlich noch ohne mich, mein Schatz." Und dann hat er mich geküsst.

Verdammt. Schon wieder in Gedanken verloren. Dabei sitzt immer noch die McCane vor mir. Sie schaut mich erwartungsvoll an.

„Also", sage ich und versuche, den Faden wieder aufzugreifen. „Ihr Buch. Ihr neues Buch. Ihr Roman. Sie haben also noch kein Belegexemplar. Aber wovon es handelt, wissen Sie natürlich. Oder etwa nicht?" Ich lache.

Die McCane lacht nicht.

Scheiße, denke ich. Klar findet die das nicht witzig. War ja groß in der Presse die Sache mit den Plagiatsvorwürfen gegen sie.

„... in einer verschlossenen Schublade also liegen diese Manuskripte", sagt die McCane gerade. „Manuskripte, die niemand kennt. Und die sorgen dann für eine Überraschung, aber das will ich natürlich nicht spoilern."

„Nein", sage ich. „Natürlich nicht." Und es interessiert mich auch nicht die Bohne, denke ich. „Was ist die Frage, die Sie in Buchhandlungen am häufigsten stellen?"

„Haben Sie mein Buch nicht im Schaufenster?", sagt sie und wird fast ein bisschen rot. Sie ist genauso wenig in Topform wie ich. Meine Fragen sind Mist und ihre Antworten genauso. Was immer man von ihren Büchern halten mag. Die McCane brilliert sonst in Interviews. Die ist eigentlich die perfekte Sympathieträgerin. Ein Star in den sozialen Medien. Die hat es sogar geschafft, mit ihrem Mann beim *Sommerhaus der Stars* mitzumachen, ohne an Sympathiepunkten zu verlieren. Das muss ihr erst mal einer nachmachen. Aber jetzt ist sie echt neben der Spur. Dass sie noch kein Belegexemplar hat, scheint sie wirklich zu beschäftigen.

Laut sage ich: „Und wo findet die Premierenlesung statt?"

„In meiner Lieblingsbuchhandlung ...", sagt die McCane und meine Gedanken sind längst schon beim nächsten Beitrag, während sie redet. Bei der Frage, ob die Ruhr-Uni Bochum unter Denkmalschutz gestellt werden sollte oder nicht.

„Mein Name ist Boris P. und ihr hört Radio Ruhrwelle", beende ich das Interview, ohne die letzten Worte der McCane so richtig mitbekommen zu haben. „Vielen Dank, dass ihr eingeschaltet habt, liebe Leute ..."

Da steckt meine Kollegin den Kopf durch die Tür des Aufnahmestudios. „Boris", sagt sie. „Wir haben mehrere Anrufer in der Leitung. Die wollen alle über jemanden sprechen, der verschwunden ist ..."

Und ich fühle die Aufregung. Ich weiß, sie naht, meine Story.

BETONSCHÖNHEIT

Als ich über die klappernden Steinplatten laufe, ist dein Lachen wieder da. Als ich über die klappernden Steinplatten auf dem Campus laufe, bist du wieder da. Zwischen dem Klappern der Steinplatten kann ich dich wieder singen hören. Ich bin hier, weil ich eben im Radio gehört habe, dass die Ruhr-Uni vielleicht unter Denkmalschutz gestellt werden soll. Und wie es der Zufall will, war ich gerade mit dem Auto auf der Universitätsstraße unterwegs. Also bin ich abgebogen. Habe das Auto im Parkhaus abgestellt und mich gleich zurechtgefunden, obwohl ich ewig nicht hier gewesen bin. Zwischen dem Klappern der Steinplatten kann ich dich wieder singen hören. Wie damals. Am Tag der Einschreibung. Ich hatte dich gerade erst kennengelernt. Du hattest Wartenummer 145. Ich 146. Wir hatten beschlossen, draußen eine rauchen zu gehen. Wir stellten fest, dass wir uns beide für Germanistik einschreiben wollten. Du erzähltest, dass du auf keinen Fall in Bochum hattest studieren wollen und jetzt doch hier gelandet warst. Und dann fingst du an zu singen. *You can't always get, what you want.* Mitten auf dem Campus.

Im Hintergrund das Audimax. Du sangst schief und das war dir so was von egal. Einige der Umstehenden klatschten. DSDS lief gerade erst in der zweiten Staffel. Es war noch etwas Besonderes, wenn jemand laut und ungeniert in der Öffentlichkeit die Töne nicht traf.

„Warum wolltest du nicht nach Bochum?", habe ich dich gefragt, als wir wieder im HZO standen. HZO bedeutet Hörsaalzentrum Ost. Ich habe lange gebraucht, bis ich die Buchstabencodes drauf hatte. HZO, GB, HGB. GBCF war der Flur zwischen GB und GC, und wenn du nicht dabei warst, habe ich mich regelmäßig verlaufen. Aber das war später. „Warum wolltest du nicht nach Bochum?", habe ich also gefragt, als wir bis 144 aufgerückt waren. „Ein trister Betonklotz neben dem anderen", hast du gesagt. „Welcher Architekt hat sich das bloß ausgedacht?"

Und irgendwann im Laufe des ersten Semesters hast du dann plötzlich deine Meinung über die Uni geändert. Ich erinnere mich noch genau an den Tag, an dem du mir davon erzählt hast. „Komm, ich zeig dir was", hast du gesagt und nach meiner Hand gegriffen. Als erstes sind wir zur Terrasse auf der Rückseite der Mensa. „Guck dir das an", hast du gesagt und mit der Hand einen weiten Bogen durchs Ruhrtal gemalt. Ich habe genickt. Und du hast mich weiter hinter dir hergezerrt. Über die klappernden Steinplatten, von denen immer ein paar gerade eingebrochen und abgesperrt waren. „Unter den Platten", hast du gesagt, „befindet sich ein Paralleluniversum, in dem jeder landet, der durch die Platten kracht." Das war natürlich Quatsch und du wusstest das so gut wie ich.

Den Rest des Nachmittags hast du mich aus allen möglichen Winkeln auf die Uni schauen lassen. Von Symmetrien und Fluchtpunkten hast du geredet. Bis ich sie auch sehen konnte. Die Betonschönheit. Das war der Tag, an dem ich vielleicht am nächsten dran war, dich zu verstehen. Du warst verwinkelt wie die Uni und ich lief Gefahr, in deinen Überlegungen und Sätzen die Orientierung zu verlieren. Du hast einfach völlig unvorhergesehen Meinungen und Richtungen gewechselt. Und irgendwie hast du immer alles besser gewusst.

Irgendwann fing es an zu nerven, dass du so viel gewusst hast und ich mir immer blöder vorkam in deiner Gegenwart. In deiner und Hakans Gegenwart. Ich weiß nicht, wann es angefangen hat, dass wir nicht mehr nur du und ich, sondern du und Hakan und ich waren. Jedenfalls konnte ich euren Gedanken und Gesprächen immer weniger folgen. Und auch auf dem Campus rannte ich euch immer seltener hinterher. Irgendwann haben wir sowieso nicht mehr dieselben Seminare besucht. Als ich meinen Abschluss endlich geschafft hatte, saß Hakan schon an der Gliederung für seine Doktorarbeit.

Lange habe ich nicht mehr an dich gedacht. Und jetzt wird die Ruhr-Uni Bochum also vielleicht unter Denkmalschutz gestellt. Das würde dir gefallen, denke ich. Und mir gefällt es auch. Genau wie dein Lachen, das ich zwischen dem Klappern der Steinplatten immer noch deutlich höre.

DON'T JUDGE
A BOOK
BY ITS COVER!

Es verwirrt mich, wenn ich Menschen nicht lesen kann. So wie Yassin. Läuft mit Hawaiihemd und Goldkettchen rum. Im Leben wäre ich nicht auf die Idee gekommen, dass so jemand bei einer Bewegung wie unserer mitmachen würde. Und dann wiederum: Was heißt denn überhaupt so jemand. Diese Art von Intoleranz ist es doch genau, die ich ablehne. Don't judge a book by its cover!

Tagtäglich habe ich im Buchladen mit Kund:innen zu tun, die andere in Schubladen stecken. So wie diese Autorin. Jane. Jane McCane. Aber machen wir uns nichts vor: Wahrscheinlich heißt die eigentlich Jeanette Müller oder so. Um ihre Schmonzetten über Irland zu verkaufen, muss die natürlich den passenden Namen haben. Soll ja keiner wissen, dass die hier in Castrop-Rauxel wohnt. Ich sollte nicht so über sie denken. Immerhin feiert sie heute noch ihre Buchpremiere bei mir im Laden. Wird ordentlich Umsatz bringen. Den habe ich nötig. Mit meinem inhaberingeführten Buchlädchen in Zeiten, in denen alle nur noch online kaufen (Danke, Corona!) und selbst das Möbelhaus XXXL Lutz Bücher im (Online(!)-)Sortiment hat. Und damit meine ich jetzt nicht diese Pappattrappen, wie sie bei Ikea in den Regalen stehen. Jedenfalls wollte die McCane neulich ein Buch für ihren Sohn kaufen. Dachte ich: Mache ich ihr mal das Neinhorn schmackhaft. Aber während ich von dem Buch schwärme, glotzt sie nur aufs Cover.

„Nee", sagt sie irgendwann. „Das ist nichts für meinen Sohn. Das Cover ist zu rosa."

Da könnte ich wirklich im Strahl kotzen.

Vielleicht gehört das zum Beruf. Vielleicht müssen Genreautor:innen Menschen in Schubladen stecken. Ich hasse das. Umso mehr ärgere ich mich, wenn ich mich selbst bei so einem Schubladendenken ertappe. Wie bei Yassin. Warum ich jetzt überhaupt anfange von Yassin? Weil der mir eben eine Nachricht geschickt hat. Unbekannte Nummer. Aber sein Kürzel. YO. Und unser Kennwort. Das so geheim ist, dass ich es selbst hier, wo wir unter uns sind, nicht nennen will. Warum wir ihm nicht Bescheid gesagt haben, dass es losgeht, will er wissen. Und natürlich werde ich total nervös. Weil auch ich von nichts weiß.

Ich schließe den Laden ab. Hänge ein Schild in die Tür: *„Aus unvorhergesehenen Gründen geschlossen. Wir bitten um Verständnis."* Und dann verziehe ich mich ins Büro hinter dem Verkaufsraum. Schalte das Radio an.

Gerade rechtzeitig zu den Nachrichten. Eine Busfahrerin in Gladbeck ist spurlos verschwunden. Der Typ aus Sylt, der seiner Freundin zuletzt aus dem Bermudadreieck geschrieben hatte, wird weiterhin vermisst ... Die schließen ein Gewaltverbrechen mittlerweile nicht mehr aus. Keine Meldung von Klimakleber:innen auf der A 40. Das müssten die doch als allererstes bringen. Und dann die Nachricht, dass jemand einen Aston Martin im Parkhaus am Starlight Express mit orangener Farbe beschmiert hat. Orange. Orange ist die Farbe, mit der die Letzte Generation Privatjets beschmiert. Deutlicher kann die Botschaft nicht sein. Das muss Yassin gemeint haben. Charlie hat einen neuen Weg gewählt, uns zu signalisieren, dass es losgeht. Charlie. Niemand von uns hat ihn je persönlich getroffen. Jedenfalls nicht, soweit ich wüsste. Ich schnappe mir mein Smartphone. Ich muss den Impuls weitergeben. Als erstes schreibe ich Yassin. Dass er recht hat. Dass der Tag gekommen ist. Dann schicke ich das Kennwort in den Verteiler. Und dann schnappe ich meinen Rucksack, der seit Wochen bereitsteht. Für den Tag aller Tage. Und der ist genau jetzt.

IRISCHE KÜSSE

Ich werde wach. Nicht so, wie die Heldinnen in den Romanen von Jane McCane, die ich manchmal lese, auch wenn ich das niemals offen zugeben würde. Die Heldinnen in *Irische Küsse* und *Herzschlag der grünen Insel* und *Irland, meine Liebe* werden von Vogelgezwitscher wach oder von den ersten zarten Sonnenstrahlen, die ihre Nasen kitzeln. Ich dagegen werde wach vom Gesäusel eines Presslufthammers. Ich schlage die Augen auf. Blicke auf Europa. Asien. Afrika. Nordamerika. Südamerika. Australien. Und die Antarktis. Es ist also wahr. Ich bin hier. Wie viele Tage ist es her, dass JP und ich ins Ruhrgebiet gefahren sind? Nein: nicht JP und ich. ICH und JP. Ich stelle mich nicht mehr hintenan.

Nachdem er verschwunden ist, wusste ich erst nicht, wohin. Jenni hat mir gleich angeboten, dass ich bei ihr bleiben kann. Aber ich habe gedacht: Das macht die doch nur aus Mitleid. Weil ich so verdammt verloren wirke ohne JP. Ich wollte aber nicht mehr verloren wirken. Ich wollte sein wie eine der Heldinnen in den Büchern von Jane McCane. Zerbrechlich und doch stark und selbstbestimmt. Für den Fall der Fälle haben wir trotzdem Nummern ausgetauscht, Jenni und ich.

Keine Ahnung, warum ich nicht einfach zurück bin nach Sylt. Irgendwas hat mich hier gehalten. Und jetzt weiß ich auch, was es war: Schicksal. Als Jenni mich gestern angerufen hat, war ich gleich total aufgeregt. Und dann die Aktion mit ihr und Lola. Der Aston Martin, den wir über und über mit orangener Farbe beschüttet haben. Dass der da noch im Parkhaus stand, war das sichere Zeichen dafür, dass JP noch irgendwo hier sein muss. Der würde doch nie das Auto stehenlassen. Mich ja. Aber nicht den Aston Martin. Ich müsste besorgt sein, schätze ich. Müsste mich fragen, wo JP jetzt ist. Aber irgendetwas sagt mir, dass es ihm gut geht. Dass er glücklich ist. Wir haben eben doch eine besondere Verbindung gehabt. Auch wenn keine meiner Freundinnen mir das geglaubt hat. Die haben ihn für toxisch gehalten. Aber ich wusste: Bei JP muss man zwischen den Zeilen lesen. JP sagte „Jetzt stell dich mal nicht so an" und meinte: Ich verstehe ja, dass dich das kränkt, aber lass dich davon nicht kleinkriegen. JP sagte: „Du kannst froh sein, dass du mich hast" und meinte: Ich bin für dich da. JP sagte: „Du bist ein Klette" und ich wusste, er wollte sagen: Und dafür liebe ich dich. JP hat oft gesagt, dass ich eine Klette bin. Viel öfter als: Ich liebe dich. Aber das war nicht schlimm, weil ich ja gewusst habe, wie er es gemeint hat. All das wären also keine Gründe gewesen, JP zu verlassen. Bloß habe ich gemerkt, dass ich seine Gefühle irgendwie nicht mehr erwidern konnte. Deshalb hat es mich auch so gestresst, als ich begriffen habe, dass er mir einen Antrag machen will. Jedes Mal, wenn irgendwo die Rede von Ehe oder Hochzeit war, hat er mich so angeguckt. Und je öfter er mich so angeguckt hat, desto sicherer habe ich gewusst, dass ich auf keinen Fall Ja sagen kann. Als wir nach Bochum aufgebrochen sind, hatte ich regelrecht Panik. Habe erwartet, dass er während der Aufführung von Starlight auf die Bühne springen und einen funkelnden Ring vor meine Nase halten würde. Wie hätte ich ihm vor dem gesamten Publikum einen Korb geben sollen? Wo JP doch so sensibel ist. Oder vielleicht, dachte ich, wird er mir den Antrag hoch oben auf dem Tetraeder machen, wo ich keine andere Wahl gehabt hätte als Ja zu sagen, weil ich mit meiner Höhenangst niemals ohne JP den Abstieg geschafft hätte. So sehr JP mich auch geliebt hat, und so sehr ich auch weiß, dass ich ihn besser kannte als jeder andere Mensch auf der Welt, besser noch als er sich selbst (wieso rede ich von ihm jetzt eigentlich in der Vergangenheit?), so sehr habe ich doch auch immer gefühlt, dass mir etwas bei ihm fehlte. Aber erst gestern, als wir längst wieder raus waren aus dem Parkhaus, als Jenni, Lola und ich schon Ewigkeiten kreuz und quer im Ruhrgebiet unterwegs gewesen sind, hier in einer Disco, da in einer Kneipe, schließlich auf einer Halde irgendwo in Gelsenkirchen, und eigentlich erst, als ich Hand in Hand mit Jenni da auf der Halde gestanden und in den Sonnenaufgang geschaut habe und uns so mir nichts, dir nichts ausgerechnet ein Herzluftballon vor die Füße geweht worden ist, erst da habe ich begriffen, was es war, das mir die ganze Zeit gefehlt hat. Dass ich das erst mit vierzig begriffen habe, denke ich, während ich den Blick von der

Weltkarte an der Zimmerdecke abwende und mich eng an Jenni schmiege, die noch neben mir schläft und die mir im Bus durch Gladbeck erzählt hat, dass sie eine irische Urgroßmutter hatte: Gefehlt hat mir bei JP einfach ein zweites X-Chromosom.

THAT'S ME

Die Kapuze von meinem schwarzen Hoodie habe ich tief ins Gesicht gezogen, sodass meine orangerot gefärbten Haare nicht sichtbar sind. Die schwarzen Jeans, die schwarzen DocMartens, der schwarze Rucksack. Und das bei strahlendem Sonnenschein. I know, ich habe es echt übertrieben. Bin so derart unauffällig, dass ich kaum zu übersehen bin. Genauso gut hätte ich mir eine Perücke aufsetzen und einen Bart ankleben können. Lola, Baby, du hast es verkackt, denke ich, während ich in der U-Bahn Richtung Bochum-Hamme sitze. Die Person, die am meisten auffällt in dieser Bahn? *That's me!*

Egal, kann ich jetzt nicht mehr ändern. Musste alles schnell gehen. Keine Zeit zu verlieren nach der Message von Celina. Hab ich halt die Klamotten übergezogen, die ich letzte Nacht angehabt habe und die noch im Schlafzimmer auf dem Boden lagen. Irgendwie war der Moment, wenn es losgeht, in meiner Vorstellung immer nachts. Da hätte das ja gepasst mit den dunklen Klamotten. Ganz sicher hat Charlie sehr genau überlegt, welche Tageszeit er für die Aktion wählt.

Genau wie er den Ort mit Bedacht gewählt hat. Mit über 100 000 Fahrzeugen täglich ist die A40 eine der am stärksten befahrenen Autobahnen in Deutschland. Die meisten Staukilometer gibt es zwischen Essen und Dortmund. Und Bochum-Hamme liegt, *guess what*, genau zwischen den beiden Städten. Nur wie Charlie es überhaupt anstellen will, dass wir uns da mitten im Berufsverkehr festkleben, ist mir schleierhaft. Ob Charlie selbst wohl dabei sein wird, frage ich mich und schaue mich in der 306 um. Die meisten von uns werden mit der Straßenbahn, dem Bus, dem Regionalzug anreisen. Schon allein deshalb, weil ÖPNV, Fahrrad oder Fußverkehr die einzig logische Antwort auf die Frage sind, mit welcher Mobilitätsform wir den Planeten retten können. Wenn nicht so viele Leute weltweit mit Autos fahren würden, ginge es unserem Planeten besser. Man muss kein Genie sein, um das zu begreifen. Und wir kennen doch alle die Statistiken der Metropole Ruhr zum Modal Split der Bevölkerung, oder nicht? 44 Prozent der Strecken werden mit dem PKW zurückgelegt, weitere 14 Prozent immerhin nur beifahrend. Bleibt nicht einmal mehr die Hälfte der Strecken für Rad-, Fuß- und öffentlichen Nahverkehr zusammen. Wenn ich darüber nachdenke, packt mich wieder die Wut.

Durchatmen, runterkommen, umschauen. Jeder hier könnte Charlie sein. Der dicke Mann da drüben – *sorry, no more bodyshaming*, ich lern das noch in diesem Leben. Oder der Typ mit dem Hawaiihemd und dem Goldkettchen. *Wait*, den kenne ich von irgendeinem Treffen. Ich glaube, das ist einer von uns. Bloß keinen Blickkontakt aufnehmen. Im Pulk zu auffällig.

Ich senke den Blick auf meine schwarze Hose. Bemerke erst jetzt den orangefarbenen Flecken kurz über dem Knie. Ein Andenken an letzte Nacht. Wir haben dem Ex von Jennis Freundin einen Denkzettel verpasst. Jenni, der ich blind vertraue. Jenni, die jetzt also mit einer Frau zusammen ist, deren Ex ein komplett toxischer Typ sein soll. Gewalt beginnt nicht erst mit Schlägen. Gewalt beginnt mit verletzendem Verhalten und herablassenden Worten. Im Grunde könnte ich jedes Auto mit Farbe überschütten. Die Wahrscheinlichkeit, dass es jemanden trifft, der es verdient hat, ist verdammt hoch. Wir kennen doch alle die Umfrageergebnisse, die in den letzten Wochen durch die Presse und die sozialen Medien gegangen sind. 33 Prozent der 18- bis 35-jährigen Männer in Deutschland fänden es akzeptabel, wenn ihnen im Streit mit der Partnerin mal die Hand ausrutscht. Im Grunde könnte ich also ein Drittel Deutschlands mit orangener Farbe überschütten. Warum orange? Weil es eben die Farbe ist, die ein Zeichen setzt gegen Gewalt an Frauen. *Orange your world.* Jeder Tag sollte ein verdammter Orange Day sein. Solange alle 45 Minuten eine Frau in Deutschland durch ihren Partner gefährlich körperlich verletzt und jeden dritten Tag eine Frau durch ihren Partner oder Ex-Partner getötet wird, werde ich nicht aufhören, Autos zu bemalen. Solange jede dritte Frau in Deutschland mindestens einmal in ihrem Leben Opfer von physischer oder sexualisierter Gewalt wird. Die Dunkelziffer an Frauen, die die gegen sie ausgeübten Straftaten nicht zur Anzeige gebracht haben, nicht mitgerechnet. Eine von denen im Dunkel: *That's me ...*

DAS KÖNNTE EIN PROBLEM GEBEN

„Bitte", sagt er und schiebt mir eine EC-Karte hin. „Könnte ich bei Ihnen Geld abheben?"

„Wie viel denn?", frage ich.

„Zehntausend", sagt er. Leise. Und schüchtern.

Erst jetzt schaue ich ihn mir genauer an. Der struppige Bart. Die abgetragene Kleidung. Er könnte genauso gut Flaschensammler sein. Wobei: Machen wir uns nichts vor, zum Flaschensammler wird man schnell. Ich sehe ja, wie viel oder wenig Geld monatlich auf die Konten hier fließt. Da kann man es schon mit der Angst kriegen. Von wegen sichere Renten und all das. Aber der hier ist noch weit von der Rente entfernt.

„Zehntausend?", frage ich.

Er nickt.

Ich blicke auf die Karte. Lese den Namen. Jan-Patrick Holle. „Herr Holle", sage ich. „Als erstes bräuchte ich mal Ihren Ausweis."

Er zückt sein Portemonnaie und sucht. Dann schiebt

er mir seinen Ausweis hin. Nein. Nicht *seinen* Ausweis, denke ich. *Einen* Ausweis.

„Das sind aber doch nicht Sie", sage ich.

Er zwirbelt seinen Bart. Schaut mich an. „Doch", sagt er dann. „Hab mich ein bisschen verändert. War länger krank."

„Hm", sage ich. Ich kann ihm doch so das Geld nicht auszahlen. Das Portemonnaie hat der sicher geklaut. Wobei … Letztes Jahr wollten sie im Bürgerbüro für meinen neuen Ausweis ein biometrisches Foto und eine Unterschrift.

„Oh", sagte die Mitarbeiterin beim Blick auf mein biometrisches Foto. „Das könnte ein Problem geben."

„Wieso?", fragte ich.

„Sie gucken zu freundlich", sagte sie. „Sie müssen neutral gucken."

„Das ist mein neutraler Gesichtsausdruck!", sagte ich.

Die Mitarbeiterin drückte ein Auge zu und schob mir ein Blatt Papier hin, auf das ich meine Unterschrift für den Ausweis setzte.

„Hm", sagte die Mitarbeiterin und blickte auf die Unterschrift, an deren Unleserlichkeit ich Jahre gearbeitet habe. „Wo ist denn da der Bindestrich?"

Auch ich blickte jetzt auf meine Unterschrift. „Da ist kein Bindestrich", sagte ich.

„Das könnte ein Problem geben", sagte die Mitarbeiterin.

„Aber ich unterschreibe immer so", sagte ich. „Das IST meine Unterschrift."

„Hm", sagte die Mitarbeiterin. „Dann muss ich das hier vermerken."

Was genau sie da wohl vermerkt hat? Vielleicht: *Paul Löhrfeld-Heide kann seine eigene Unterschrift nicht richtig.* „Hm", sage ich noch mal.

In dem Moment vibriert mein Handy. Verdammt. Das Kennwort. Und Celinas Kürzel. Wie lange brauche ich um diese Tageszeit von hier nach Bochum-Hamme?

Der falsche Jan-Patrick Holle räuspert sich. Was soll's, denke ich. Vielleicht ist es ja tatsächlich Jan-Patrick Holle. Vielleicht sieht er sich nur im Moment selbst nicht besonders ähnlich. Es gibt jetzt Wichtigeres zu tun, als den potentiellen Jan-Patrick Holle in eine mittelschwere Identitätskrise zu stürzen. Es geht darum, ein Zeichen zu setzen. Als der vermeintliche Jan-Patrick Holle seine Unterschrift auf den Auszahlungsbeleg setzt, schaue ich schon nicht mehr richtig hin. So vertieft bin ich in meine DB-App. Verdammt. Nach Bochum-Hamme ist es mit dem ÖPNV eine ganze Ecke. Kein Wunder, denke ich, dass unsere Welt vor die Hunde geht. Und dass ich Frigga noch Bescheid sagen muss, weil ich so schnell sicher nicht nach Hause komme, denke ich auch. Frigga, die jetzt vielleicht in der Balkontür steht und darauf wartet, dass ihre Blumen, deren Namen ich schon wieder vergessen habe, endlich zu wachsen beginnen. Während Schein um Schein durch die Zählmaschine rattert.

MUCKEFUCK IST SCHON MAL EIN ANFANG

Die diensthabende Beamtin saß am Schreibtisch und starrte in ihre Tasse mit Muckefuck. Muckefuck. Was für ein wunderbares Wort. Muckefuck, denke ich und starre in die Tasse mit dem koffeinfreien Getränk. Im Dienst habe ich sonst immer viel zu viel Kaffee getrunken. Mit vierzig muss man mal langsam ein bisschen aufpassen auf den eigenen Körper, habe ich gedacht. Mehr Sport. Weniger Koffein. Sport steht noch auf der To-do-Liste. Aber Muckefuck ist schon mal ein Anfang, denke ich, während ich die Dienstmails durchscrolle.

Ich habe immer schon Worte geliebt. Und heimlich Geschichten geschrieben. Auch wenn niemand daran geglaubt hat, dass ich Talent hätte. Nur meine Omma, die selbst Zeit ihres Lebens geschrieben hat, wenn auch nur Tagebücher. Und Hakan. Hakan hat daran geglaubt. An meinen Traum vom Schreiben. Aber darüber darf ich nicht sprechen. Streng geheim. Schon als Kind habe ich Geheimnisse geliebt. Und Kriminalfälle. Wahrscheinlich bin ich deshalb Polizistin geworden, wo mein Mut schon nicht zur Autorin gereicht hat. Aber wenn es gerade in der Dienststelle nichts zu tun gibt, dann schreibe ich. Krimis vor allem. Ich schreibe nicht mit der Schreibmaschine, wie ich mir das früher als Kind ausgemalt habe, sondern am Dienst-PC. Im Moment schreibe ich aber nicht. Im Moment habe ich eine Schreibblockade. Seit längerem eigentlich schon. Weil ich so aufgeregt bin. Wegen dem, was Hakan und ich planen. Und deshalb schreibe ich also schon länger nicht. Sondern lese einfach immer und immer wieder die ersten Sätze meines fertigen Krimimanuskripts. *Die diensthabende Beamtin saß am Schreibtisch und starrte in ihre Tasse mit Muckefuck.*

„Michelle", sagt mein Kollege. „Da will jemand eine Anzeige machen."

Schnell klicke ich das Fenster mit meinem Manuskript weg.

„Um was geht es denn?", frage ich den Mann mit dem Mädchen, der vor mir steht. Er mit einem Rucksack über der Schulter. Sie mit einem Schwimmtierchen unter dem Arm. „Ist das ein Hummer?", frage ich.

Das Mädchen nickt, dass seine Zöpfe wild wackeln.

„Es geht um Diebstahl", sagt der Mann aufgebracht.

„Was ist Ihnen denn gestohlen worden?", frage ich und rufe am PC schon einmal das passende Formular auf.

„Nicht uns", sagt der Mann. „Wir haben etwas gestohlen. Also Laura." Er zeigt auf das Mädchen. Dann legt er ein Portemonnaie auf den Tisch. „Das hier", sagt er. „Im Freizeitbad. In Heveney. In der Umkleide. Aber ich habe es eben erst bemerkt."

Ich greife nach dem Portemonnaie. Klappe es auf. Geld ist darin. Ein Ausweis, ausgestellt in Hagen. Führerschein. Geldkarten.

„Alles noch da?", frage ich.

Laura schüttelt den Kopf. Ihre Augen füllen sich mit Tränen. „Ich hab ein Eis gekauft", sagt sie sehr leise.

„Aha", sage ich. „Ein Eis. Welche Sorte?"

„Ist das denn wichtig?", fragt der Mann.

„Sehr wichtig sogar", sage ich.

„Erdbeer", sagt Laura. „Im Hörnchen."

„Erdbeer im Hörnchen", sage ich zu Laura. „Was kostet so was denn heute?"

„Eins zwanzig", sagt Laura und klemmt ihren Hummer so fest unter den Arm, dass ich Angst habe, er könnte platzen.

„Gut", sage ich und greife nach meinem Portemonnaie. „Eins zwanzig hab ich gerade noch." Ich nestle Kleingeld aus meinem Portemonnaie, das ich ins Kleingeldfach des fremden Portemonnaies packe. „Noch was?", frage ich.

Laura guckt mich mit großen Augen an.

„Danke, dass Sie das Portemonnaie hergebracht haben", sage ich. „Der Besitzer wird sich sichern freuen, dass es ... gefunden wurde."

„Gefunden?", fragt der Mann.

„Aber ich habe es doch geklaut", sagt Laura.

„Pst", sage ich und lege den Zeigefinger auf die Lippen.

Als die beiden gegangen sind, ist der Muckefuck kalt. Ich klicke meine Datei wieder auf. *Die diensthabende Beamtin saß am Schreibtisch und starrte in ihre Tasse mit Muckefuck.* Muckefuck ist ein Anfang. Ein guter Anfang, denke ich.

WOVON SIE TRÄUMEN

Wie gerne wäre ich Polizist geworden. Nicht Kripo oder so. Einfach Streifenpolizist. Für Recht und Ordnung sorgen. Menschen in Not helfen. Und hier und da mal mit Vollgas über die Autobahn brettern, um einem Verbrecher das Handwerk zu legen. Bloß sind seit Generationen alle in meiner Familie Taxifahrer und Taxifahrerinnen. Etwas, das mit Stolz von Generation zu Generation weitergegeben wird. „Shahi", hat mein Vater gesagt. „Wenn du nicht Taxifahrer wirst, bricht es mir das Herz." Was hatte ich denn da für eine Wahl? Aber, denke ich, während ich mit Vollgas über die B 226 rase, das hier ist auch ein ganz schöner Nervenkitzel.

Die Frau neben mir auf dem Beifahrersitz sieht angespannt aus. „So schnell wie möglich nach Bochum-Hamme", hat sie gesagt, als ich sie, die andere Frau und die beiden Kinder an der Halde Hoheward eingesammelt habe.

„Geht das schneller?", fragt sie jetzt und nestelt nervös am Samtkragen ihrer Bluse.

Wie alt mag sie sein? Etwa vierzig, denke ich. Etwa so alt wie ich.

„Wenn ich schneller fahre, verliere ich meinen Führerschein", sage ich.

„Auch okay", sagt die Frau auf dem Beifahrersitz. „Ein Autofahrer weniger. Spart Emissionen ein."

„Nicht dein Ernst!", sagt die Frau auf der Rückbank. „Du kannst doch den Mann nicht auffordern, eine Straftat zu begehen!" Ob die beiden ein Paar sind? Schwer zu sagen. Aber das ist eine Sache, die ich an meinem Beruf mag. Fast genauso gerne wie schnelles Fahren: die Spekulation darüber, was Menschen arbeiten, wie sie leben, wovon sie träumen.

„Ich meine einfach nur", sagt die Frau auf dem Beifahrersitz, „dass er nicht unbedingt Taxi fahren muss. Der motorisierte Individualverkehr ist so ein Klimakiller."

Die Frau auf der Rückbank sagt nichts mehr. Ganz sicher sind die beiden ein Paar. Es ist die Art, wie sie miteinander reden. Wie sie schweigen. Die Art, wie sie sich Blicke zuwerfen.

„Haben Sie schon einmal darüber nachgedacht, Busfahrer zu werden?", fragt die Frau auf dem Beifahrersitz. „Oder Lokführer? Die werden händeringend gesucht."

„Mein Vater", setze ich an.

„Ihr Vater ist Lokführer?", fragt sie. „Umso besser. Da befinden Sie sich dann doch in bester Familientradition. Hier abbiegen, bitte."

Nein, will ich sagen, mein Vater ist kein Lokführer. Aber in dem Moment sehe ich sie da stehen. Eine große Gruppe von Leuten. Wie viele mögen es sein? Hundert? Zweihundert?

„Charlie", sagt die Frau auf der Rückbank zur Frau auf dem Beifahrersitz. „Was in aller Welt ist hier los?"

UND WÄHREND-DESSEN GEHT DIE WELT UNTER

„Krass, Alter." Herbert sitzt auf der Rückbank meines Golf 3 und kommt so gar nicht klar. Er kommt nicht darauf klar, dass jemand ein Auto fährt, das im letzten Jahrtausend gebaut wurde, was, zugegeben, aus Umweltschutzgründen eine Vollkatastrophe ist, aber ich fahre damit ja auch kaum, vielleicht einmal im Monat. Hab mir den mit zwanzig gekauft und fahre ihn jetzt, zwanzig Jahre später, immer noch. Der Umweltaspekt ist aber vermutlich nicht das, was Herbert irritiert. Herbert kommt auch nicht darauf klar, dass mein Auto ziemlich voll ist mit Sachen. Nur deshalb nämlich sitzt Herbert auf der Rückbank, weil der Beifahrersitz mit diversen Klamotten belegt ist, die ich nicht extra wegräumen wollte. Auf der Rückbank sitzt Herbert zwischen Kisten mit Büchern. Herbert kommt auch nicht darauf klar, dass im Radio von einem Auto berichtet wird, das in einem Bochumer Parkhaus mit Farbe überschüttet wurde.

„Wer macht denn so was?", fragt er entgeistert.

„Ist doch nur ein Auto", sage ich.

„Das ist nicht nur ein Auto", sagt Herbert und seine Stimme klingt echt dünn. „Das ist ein Aston Martin, Alter."

Ich blicke Herbert über den Rückspiegel an. Der ist echt kurz vorm Heulen.

„Herbert", sage ich.

Herbert reagiert nicht.

„Herbert", sage ich noch mal.

Keine Reaktion.

„Herbert!", sage ich mit sehr viel Nachdruck und endlich reagiert Herbert. So, als wäre ihm gerade erst wieder eingefallen, dass er Herbert heißt. Merkwürdiger Typ. Nicht unsympathisch. Aber ein bisschen durchgeknallt.

„Was denn?", fragt er.

„Was machst du denn so beruflich?", frage ich. Denn tatsächlich weiß ich ja im Grunde nichts über ihn. Nur dass ihm Handy und Portemonnaie geklaut wurden. Und dass er Herbert heißt. Das könnte natürlich auch erfunden sein. Aber wer nennt sich denn ausgerechnet Herbert, wenn er die Wahl hat.

„Ich ...", Herbert stockt. „Musicals", sagt er dann. „Ich bin Musical-Darsteller." Und jetzt bin ich ziemlich sicher, dass er lügt. „Und du?", fragt er.

„Der Wohnwagen", sage ich. „Mein Kiosk."

„Ach ja", sagt Herbert. „Klar. Aber bringt das denn genug ein?"

„Reicht zum Leben", sage ich.

„Und hast du nie was anderes machen wollen?", fragt Herbert.

„Doch. Ich hab ja lange was anderes gemacht", sage ich. „Ich war Germanistik-Prof an der Ruhr-Uni Bochum."

„Bochum", sagt Herbert und verzieht das Gesicht, als ob ihm etwas weh täte.

„War auf Dauer aber nicht meins", sage ich. „Ich glaub, wir machen den Studierenden damit den Spaß an den Büchern kaputt. Vor lauter Sekundärliteratur haben die ja teilweise das ganze Studium über kaum mal Zeit für ein Buch."

„Hm", sagt Herbert.

„Und dann dieses Analysieren der Texte bis ins letzte Detail", sage ich. „Da kannst du doch nie wieder ein Buch einfach nur aus Freude lesen. Ich stell mir das ähnlich vor, wenn man Pathologe ist. Oder Chirurg oder so. Kann man noch Menschen ganz unbedarft lieben, wenn man weiß, wie sie von innen aufgebaut sind? Du kannst ja kein Buch mehr zur Hand nehmen, ohne dich zu fragen, was dahintersteckt. Wie man den Text noch lesen könnte."

„Ah", sagt Herbert. „So etwas wie: Was wollte der Autor damit sagen?"

„Das ja gerade nicht so sehr", sage ich. „Roland Barthes hat ja schon lange das Konzept vom Tod des Autors angeführt. Und meint damit, dass der Autor eben nur sehr bedingt Kontrolle über den eigenen Text hat."

„Okay", sagt Herbert. Ich glaube, er versteht nicht viel von dem, was ich sage. Vielleicht bereut er schon, dass er mit mir gefahren ist. Aber so richtig die Wahl hatte er ja nicht. Wo hätte der denn hingesollt ohne Geld und all das?

„Ist ja auch egal", sage ich. „Ich denke jedenfalls, es gibt Wichtigeres, als sich den ganzen Tag mit Büchern zu beschäftigen. Vor allem mit all diesen wissenschaftlichen Fragen dazu. Und währenddessen geht die Welt unter."

„Wie jetzt?", fragt Herbert.

„Klimawandel", sage ich. „Krieg in der Ukraine. Pandemien ..."

„Ah", sagt Herbert. „Ja. Stimmt. Schon klar. Aber sag mal, dafür, dass du Bücher so überflüssig findest, hast du ganz schön viele im Auto. Und dazu noch zigmal das gleiche Buch." Er hält ein Exemplar von *Ein Hauch von Grün* hoch. Die verschollenen Bücher. Die Belegexemplare, auf die Jane McCane vergeblich wartet, denke ich, als wir auf den Schlachthof zusteuern. Zeitgleich mit uns kommt ein Taxi an. Eine Frau mit Bluse und Samtkragen steigt aus. Vom Rücksitz klettern zwei Jungs, einer im Schalke-Schlafanzug, gefolgt von einer weiteren Frau.

„Komm", sage ich zu Herbert und stehe schon auf dem Bürgersteig.

„Was genau machen wir hier denn jetzt?", fragt er.

„Die Welt retten", sage ich.

„Leute!", schreit plötzlich ein Typ mit Hawaiihemd und Goldkette, der mir bekannt vorkommt. „Hier ist ein Paket. Ungeöffnet. Das ist doch bestimmt eine Bombe! Wir müssen hier weg!"

„Lass uns abhauen!", ruft auch Herbert von der Rückbank. Und erst viel später fällt mir ein, dass ich jetzt immer noch nicht weiß, wer Charlie ist. Er ist und bleibt die graue Eminenz.

EIN BISSCHEN LICHT

Ich stehe an der Telefonsäule. Weiter hinten höre ich sie krakeelen. Verfolgen die mich? Schnell greife ich nach dem Hörer. Will in der Jackentasche nach Münzen suchen. Fasse in Remoulade. Das Fischbrötchen. Natürlich. In der anderen Tasche die Garnelenbox. Weil ich so schnell nicht wusste, wohin damit. Ich hätte mir eine Tüte geben lassen können. Aber ich hatte ein schlechtes Gewissen. Wegen der Umwelt. Und wegen der Verkäuferin vom Schnellrestaurant mit dem roten Fisch im Logo. Weil ich, als sie gefragt hat, ob ich eine Tüte brauche, schon gewusst habe, dass ich mein Portemonnaie nicht mehr habe. Im Schwimmbad hatte ich es noch. Aber als ich dann in der Tasche gesucht habe, war es weg. Ich hätte es der Verkäuferin sagen können. Aber ich hasse es, Umstände zu machen. Also habe ich nichts gesagt. Nur das Brötchen und die Box genommen. Und dann bin ich gerannt. Die Elberfelder Straße entlang in die falsche Richtung. Eigentlich wollte ich den Nachmittag doch an der Volme verbringen. Fischbrötchen essend aufs Wasser schauen. So stelle ich mir das Leben im Norden vor. Ich bin kein Nordlicht. Ich bin eine Ruhrpottpflanze. Die sind genügsam. Ein bisschen Licht. Ein bisschen Wasser. Ich könnte immer noch gehen. Aber ein ergaunertes Fischbrötchen schmeckt sicher nicht. Und was, wenn sie mich tatsächlich suchen? Benutzt noch jemand öffentliche Telefone? Ich bin 1983 geboren. Da hat noch keiner ein Handy gehabt. Aber heute? Schon hier zu stehen macht mich verdächtig. Ich schließe die Augen. Versuche an etwas Schönes zu denken. An die bunten Blumen, die ich gestern im Blumenladen gesehen habe, ehe die Frau mit den blauen Ballerinas mich angerempelt hat. Die Blumen hätte ich stehlen sollen. Ranunkeln statt Remoulade. Ich schrecke auf, als das Telefon zu klingeln beginnt.

Zögernd hebe ich den Hörer von der Gabel. „Ja?", sage ich.

„Hallo", sagt eine Frauenstimme. „Können Sie mich hören?"

„Ja", sage ich und wische die Remoulade an meiner Jacke ab.

„Es ist nämlich so", sagt die Frauenstimme. „Ich bin an der Ruhr-Uni durch die Gehwegplatten gekracht und ..." Sie stockt. Kurz denke ich, dass die Verbindung abgebrochen ist. Aber dann höre ich die Frauenstimme wieder: „Ich weiß nicht, wie ich das erklären soll, ohne dass Sie mich für verrückt halten. Aber ich scheine tatsächlich in einem Paralleluniversum gelandet zu sein."

BÄMM

„Das gibt's ja nicht", sage ich. „Mit wie viel Karacho muss die denn vor die Scheibe geknallt sein?"

Dirk zuckt mit den Schultern. Ratlos ist er. Genauso ratlos wie ich.

Über uns das Glasdach des Schmetterlingshauses. Darin: ein Loch, durch das wir ganz ungetrübt in den knallblauen Himmel schauen können.

Zu unseren Füßen: eine Taube. Oder das, was noch davon übrig ist.

„Als hätte die sich im Flug aus höchsten Höhen einfach fallen lassen wie ein Stein", sagt Dirk. „Vielleicht war die krank."

„Oder müde", sage ich. Ob es bei Tauben so etwas gibt wie Sekundenschlaf? Einmal kurz eingenickt und BÄMM. Oder eher: KLIRR.

Keiner von uns hat mitgekriegt, wann das passiert ist. Keiner von uns weiß, wie viele Schmetterlinge seitdem das Weite gesucht haben. Und endlich kommen die Kollegen mit Leiter, Pappe, Klebeband. Um das Loch wenigstens notdürftig zu flicken.

„Hoffentlich gibt das keinen Regen heute", sage ich.

„Angesagt ist keiner", antwortet Dirk.

Dann klingelt sein Handy. „Das ist Boris", sagt er. „Ich geh da kurz dran."

WOLKEN

Wolken, so weit das Auge reicht. Wolken. Überall um mich herum. So muss es im Himmel sein. Ja, denke ich, ich bin im Himmel. Ich möchte nie wieder aufstehen. Möchte nie wieder ins Büro. Nie wieder arbeiten. Soll meine Assistentin Charlie zur Abteilungsleiterin aufsteigen. Das wäre nur fair. Schließlich hat sie dieselben Qualifikationen wie ich. Beide haben wir Wirtschaft an der Ruhr-Universität studiert. Als man dort noch Wirtschaft auf Diplom studieren konnte. Sie sogar ein Semester schneller als ich. Ich sollte ihr Platz machen, finde ich. Schon das wäre ein Grund, einfach hier liegenzubleiben zwischen Wolken. Damit die Welt ein bisschen gerechter wird. Mein Beitrag zur Gleichberechtigung. Ich Feminist. Ich finde mich so unglaublich gut gerade. Darauf würde ich gern ein Bier trinken. Ein frisches. Von uns gebrautes. Und da muss ich wieder an Frau Kaminski denken. Wegen ihr bin ich hier. Weil mich im Gespräch mit ihr plötzlich die Sehnsucht gepackt hat. Nach der kompletten Ziellosigkeit. Wie frei muss sich das anfühlen, habe ich gedacht. Da bin ich eben hierhergekommen. Und jetzt will ich nicht mehr weg. Will nie wieder weg. Für immer hier liegen.

Da öffnet sich plötzlich eine Tür in den Wolken.

„Ist er das?", höre ich eine Frauenstimme.

Und dann die Stimme meines Sohnes: „Papa!" Titus sieht aus, als hätte er geweint. Neben ihm steckt meine Frau ihren Kopf durch die Wolkentür. Wo kommt meine Frau bloß auf einmal her? Wie spät ist es denn überhaupt? Ich taste nach meinem Handy. Es ist nicht da. Vermutlich im Auto liegengelassen.

DER HIMMEL NUR

Die Hitze steht über dem Asphalt, Schweiß tropft auf eine Buchseite. Mein Schweiß. Ich liebe es, in der Mittagspause zu lesen. Kant, Heidegger, Nietzsche.

„Hömma, Mohammad", sagt Stephan und hockt sich neben mich auf das Gerüst. „Wer braucht noch Bücher, wenn Amazon dir Geschichten ins Gehirn pflanzen kann?" Er lacht und klappt die Brotdose auf.

„Noch wer ein Bier?", fragt Jochen.

„Klar", sagt Stephan.

Ich schüttle den Kopf.

„Mohammad, du Saubermann", sagt Jochen. „Wenn du mal abkratzt, gehst du aber sofort in den Himmel, was? Gibt es bei euch doch bestimmt auch, den Himmel, oder?"

„Das Paradies", sage ich, weil ich weiß, wie sinnlos es wäre, Jochen noch einmal zu erklären, dass der Islam für mich keine Rolle spielt und ich am meinem vierzigsten Geburtstag vor ein paar Wochen nur aus gesundheitlichen Gründen entschieden habe, keinen Alkohol mehr zu trinken. „Ein schattiger Garten. Dattelpalmen. Sanfte Gewässer", sage ich.

Stephan wischt sich Schweißperlen von der Stirn. „Da müsste man jetzt sein. Ist das da wirklich so?"

„Mensch, Stephan", sagt Jochen. „Woher soll der Mohammad das denn so genau wissen? Der ist doch selbst noch nicht dagewesen." Und dann lacht er. Ein dröhnendes Lachen. Stephan grinst.

Wie könnte ich die beiden nicht gern haben, denke ich, während Jochens Handy zu klingeln beginnt. „Ja", sagt er. „Klar." Dann hört er eine Weile zu. „Machen wir. Wir müssen hier nur erst noch eine Fassade an der Bochumer Straße in Gelsenkirchen zu Ende streichen."

„Jungs", sagt er, nachdem er aufgelegt hat. „Pause ist vorbei. Wir müssen hinne machen. Haben einen neuen Auftrag."

Stephan klappt die Brotdose zu, ich mein Buch.

„Also kein Bier?", fragt Stephan.

Jochen schüttelt den Kopf. „Später vielleicht. Wir müssen gleich noch nach Dortmund. Ein Zimmer streichen. Blaue Wände. Weiße Wolken. Der Preis ist egal."

„Blau und weiß?", fragt Stephan. „Sicher? In Dortmund?" Er lacht.

Und während Stephan schon wieder zu streichen beginnt, sagt Jochen: „Das ist doch was für dich, Mohammad. Mit dem Himmel kennst du dich doch aus."

„Mit dem Paradies", korrigiert Stephan.

„Der bestirnte Himmel über mir", zitiere ich.

„Kant", sagt eine Frau, die neben dem Gerüst stehengeblieben ist und jetzt neugierig zu uns hochschaut. „Ist doch Kant, oder?"

Ich nicke.

„Diese Dinger da in der Fassade", sagt die Frau. „Das hab ich mich schon immer gefragt. Wozu sind die gut?"

„Die?", fragt Jochen und tippt mit dem Finger auf einen metallenen Pömpel, der aus der Fassade ragt.

Die Frau nickt.

„Anker", sagt Jochen. „Die halten das Haus zusammen." Und während er von den Bergschäden in der Region redet und ich nach dem Pinsel greife, beginnt Stephan neben mir zu singen: „Blau und Weiß, wie lieb ich dich. Blau und Weiß, verlass mich nicht. Blau und weiß ist ja der Himmel nur, der Himmel nur ..."

LEUTE MACHEN KLEIDER

Da sitzt er. Auf dem Mäuerchen. Auf dem er immer sitzt. Jeden Morgen, wenn ich vom Bus zur Arbeit laufe. Und jeden Nachmittag, wenn ich zurück zum Bus gehe. Ob er an diesem Morgen da gesessen hat, kann ich allerdings gar nicht sagen. Denn heute Morgen gab es ja den Tumult um die Busfahrerin, die uns vor die Tür gesetzt hat und dann verschwunden ist. Im Radio berichten sie von ihr. Und von all den anderen Menschen, die verschwunden sind. Aber er ist nicht verschwunden. Er sitzt da. Auf dem Mäuerchen. Nur hätte ich ihn beinahe nicht erkannt. So anders sieht er jetzt aus. Neue feine Kleidung. Den Bart gestutzt. Die Haare frisch geschnitten.

Kleider machen Leute, hat mein Vater oft gesagt. Mein Vater, der sich nach der Arbeit in der Waschkaue immer sehr gründlich gewaschen hat, damit ja keine Kohlereste unter den Fingernägeln zurückblieben. Mein Vater, der mit vor Stolz geschwellter Brust den Kohlenofen mit Deputatkohle gefüllt hat. Ich habe meinen Vater sehr gern gehabt. Trotzdem bin ich sicher, dass er sich geirrt hat. Kleider machen keine Leute. Leute machen Kleider. Ich zum Beispiel. Auch wenn ich in der Änderungsschneiderei nur umnähe, flicke, kürze. Meine Blumenkleider nähe ich zu Hause selber. Blumenkleider aus dünnem Stoff für den Sommer. Blumenkleider aus dickerem Stoff für den Rest des Jahres. Im Frühling kaufe ich neue Stoffe auf dem Stoffmarkt in Essen-Werden. Mit aufgedruckten Margariten, Ranunkeln, Berg-Sandglöckchen. Von meiner Arbeit in der Änderungsschneiderei aber weiß ich: Wer ein Ekel ist, dem hilft ein feiner Anzug nichts, um auch nur einen Deut besser zu werden. Wer ein feiner Mensch ist, der kann auch in abgetragenen Sachen herumlaufen. Ich glaube ganz sicher, dass er ein feiner Mensch ist. Beim Warten auf den Bus habe ich ihn manchmal beobachtet, wenn er nicht hingeschaut hat. Wie er den Tauben von seinem Brot abgegeben hat, obwohl er bestimmt jeden Krümel selbst hätte gebrauchen können, so dünn wie er ist. Ich habe gesehen, wie er gelächelt hat, wenn Kinderlachen ertönte von den Jungs und Mädchen, die sich die Straße entlangjagten. Manchmal habe ich mir vorgestellt, wie es wäre, mit ihm mein Leben zu verbringen. Bald werde ich vierzig. Und je näher mein Geburtstag rückt, desto genauer habe ich mir ausgemalt, wie wir ihn zusammen verbringen könnten. In der U-Bahn frühstücken. Im Bergbaumuseum Bochum auf den Förderturm hinauffahren und über das Ruhrgebiet schauen, das so grau und so grün ist. Eine Weltreise durch die Zoom Erlebniswelt machen. Im

Planetarium verloren gehen. Und auf der Cranger Kirmes beim Abschlussfeuerwerk Hand in Hand dastehen und in den Himmel schauen. Ich habe mir vorgestellt, dass ich Hemden für ihn nähe. Aus dünnem Stoff für den Sommer. Aus dickerem Stoff für den Rest des Jahres. Und wie ich schon wieder da stehe und vor mich hinträume, kriege ich gar nicht mit, dass er aufsteht und auf mich zukommt. Nur, dass er plötzlich vor mir steht.

„Guten Tag", sagt er, sehr leise und schüchtern. „Ich heiße Fred."

AM MEER

Ich weiß nicht, seit wann es den Riss gibt. Vielleicht war er bei meinem Einzug schon da. Entdeckt habe ich ihn erst jetzt. Kurz nach meinem vierzigsten Geburtstag. Weil ich erfahren habe, unter welch prekären Bedingungen ich lebe. Dass das Haus, in dem ich wohne, nur zusammengehalten wird durch einen Anker. Anker, habe ich gedacht, gehören ans Meer. Ich wünschte, es gäbe hier ein Meer. Aber es gibt bloß diesen Anker. Mitten in der Fassade. Damit das Haus nicht auseinanderfällt, wenn unter uns, wo schon lange kein Kumpel mehr Kohle abbaut, der Berg immer noch arbeitet.

Seit ich von dem Anker weiß, habe ich angefangen, die Wände nach Rissen abzusuchen. Der Riss in meiner Schlafzimmerwand ist sehr fein. Ich habe eine Weile gebraucht, um ihn zu finden. Wenn ich wie hypnotisiert darauf starre, verändert er sich nicht. Aber ich bin sicher, dass er größer wird, wenn ich nicht hinschaue.

Ich habe den Hausmeister angerufen. Der Hausmeister meint, ich muss mir keine Sorgen um den Riss machen. Weil das Haus ja einen Anker in der Fassade hat. Der Hausmeister handelt grob fahrlässig. Jetzt trage ich allein die Verantwortung für das Haus. Ich werde das Haus nicht mehr verlassen. Damit ich den Riss im Auge behalten kann. Wenn ich Hunger habe, werde ich Pizza bestellen. Wenn mir die Augen zufallen, träume ich, dass das Haus auseinanderbricht und ich die Sterne sehen kann. Da, wo vorher das Dach war. Wenn mir die Augen zufallen, wird das Rauschen der Autos auf der Bochumer Straße zur Brandung. Zu einem Meer mitten in Gelsenkirchen. Ich habe doch gewusst, wo ein Anker ist, da ist auch ein Meer.

JANE MCCANE UND DER VERSCHLOSSENE BUCHLADEN

Als Bestsellerautorin hatte ich schon viele aufregende Momente erlebt, aber die bevorstehende Buchpremiere in Castrop-Rauxel, dem „Irland des Ruhrgebiets", versprach etwas ganz Besonderes zu werden. Ich konnte die Aufregung in der Luft förmlich spüren, als ich den Buchladen betreten wollte. Doch meine Vorfreude wandelte sich schnell in Enttäuschung, als ich feststellte, dass der Laden geschlossen war. Das Schild an der Tür verkündete: *„Aus unvorhergesehenen Gründen geschlossen. Wir bitten um Verständnis."*

Mein Herz sank in meiner Brust. Wie konnte das passieren? Die Buchpremiere sollte doch der Höhepunkt meiner Karriere werden. Ich rief die Buchhändlerin Celina an, aber sie ging nicht ans Telefon. Verzweiflung und Frustration übermannten mich. In einem letzten verzweifelten Versuch, etwas über die Situation zu erfahren, drückte ich meine Nase an die Fensterscheibe und bemerkte auf dem Tisch im Schaufenster ein Exemplar meines eigenen Buches.

Die Neugier übermannte meine Enttäuschung, und ich suchte nach einem Weg, in den Buchladen zu gelangen. Mit etwas Glück fand ich eine Hintertür, die nicht verschlossen war, und schlüpfte hinein. Im Dämmerlicht des Buchladens, umgeben von den Büchern anderer Autoren, suchte ich nach meinem eigenen Werk. Als ich es fand und aufschlug, traf mich ein Schock. Die Worte auf den Seiten waren mir vollkommen unbekannt. Ich starrte auf die Zeilen. Eine Mischung aus Verwirrung, Verärgerung und Faszination durchströmte mich. Wie konnte das geschehen? Wie konnte jemand meinen Text verändern, ohne dass ich es bemerkt hatte? Es war, als hätte eine unsichtbare Hand meine Worte gestohlen und durch neue ersetzt. Ich stand dort, überwältigt von der Erkenntnis, dass mein Buch nicht mehr meines war. Ein Stück meiner Seele war in die Hände eines Fremden gefallen, und ich hatte es nicht einmal bemerkt. Mit gebrochenem Herzen und einer Mischung aus Wut und Traurigkeit verließ ich den Buchladen. Die Buchpremiere, die ein Höhepunkt meiner Karriere hätte sein sollen, war zu einem Albtraum geworden. Doch trotz all der Enttäuschung und des Verlustes spürte ich eine Flamme der Entschlossenheit in mir aufkeimen. Ich würde nicht zulassen, dass mein Schicksal von diesem einen Vorfall bestimmt wurde. Ich würde meine Stimme zurückgewinnen, meine Worte neu formen und meine Geschichten erzählen, wie sie wirklich waren. Ich würde mich nicht unterkriegen lassen. Denn am Ende des Tages war ich immer noch Jane McCane, eine Autorin, die eine Leidenschaft für das Schreiben hatte, die nicht so leicht zu brechen war. Und so setzte ich meinen Weg fort, in der Hoffnung, dass ich den wahren Inhalt meiner Geschichten wiederfinden würde, und dass sie mich wieder zu den Menschen bringen würden, die meine Worte zu schätzen wussten.

Anmerkung: Der Text wurde durch das auf künstlicher Intelligenz basierende Programm ChatGPT erstellt. Der Auftrag lautete: „Schreibe eine Kurzgeschichte mit 3.000 Zeichen, die folgendes enthält: Castrop-Rauxel als Irland des Ruhrgebiets, Buchpremiere, Aufregung, Buchladen geschlossen, Enttäuschung. Die Protagonistin heißt Jane McCane und ist Bestsellerautorin. Ich-Perspektive. Am Ende stellt Jane fest, dass ihr der Inhalt des Buchs unbekannt ist." Verändert wurde lediglich der Name der Buchhändlerin. Einzelne inhaltlich/logisch widersprüchliche Sätze wurden gestrichen oder minimal angepasst.

KNEIPENROMANTIK

Da sitzt Michelle jetzt also. Hinterm Tresen. Ein Buch in der Hand, in dem Post-it-Zettel als Lesezeichen bestimmte Seiten markieren. Ich bin nah genug dran, um zu sehen, dass ihre Hand zittert. Müsste eine Polizistin nicht gelassener sein? Vielleicht nicht. Vielleicht hat bei der eigenen Buchpremierenlesung jeder das Hemd am Flattern.

Es ist ihre erste Lesung überhaupt, hat sie mir gesagt. Und dazu noch vor so viel Publikum. So voll habe ich das *Frauenzimmer* noch nie gesehen. Nicht einmal am Tag der Eröffnung. Dabei kann ich mich nie über zu wenige Gäste beschweren.

„Wieso eigentlich Frauenzimmer?", fragt Herbert, den Hakan mit angeschleppt hat. „Männer dürfen hier doch auch rein."

Ich nippe an meinem Stauder. „Ist ein Statement", sage ich.

„Statement für was?", fragt Herbert.

„Weibliches Empowerment", sage ich. „Weil die Ruhrbarone in ihren repräsentativen Villen alle Herrenzimmer hatten. Total chauvinistisch. Was hätten die denn bitte gemacht, wenn ihre Frauen nicht dagewesen wären, um die Kinder großzuziehen und ihnen den Rücken freizuhalten? Und im Krieg", sage ich, „als hier wegen der Industrie alles plattgemacht wurde, wer hat hier die Stellung gehalten?"

„Okay", sagt Herbert. „Verstehe."

Mit Sicherheit versteht er nichts. Die meisten verstehen nicht, was es mir bedeutet, gerade hier in der Margarethenhöhe, einer der Arbeitersiedlungen von Krupp, eine Kneipe zu haben, die Frauenzimmer heißt. Natürlich habe ich darüber nachgedacht, ob ich nur Frauen den Zutritt erlaube. Aber den ganzen Scheiß mit der Binarität der Geschlechter will ich nicht unterstützen. Bloß: Wie soll so ein Herbert das verstehen?

„Wäre ja auch irgendwie nicht konsequent", sagt Herbert und fischt eine Zigarette aus der Schachtel, die er in der Jacketttasche stecken hatte.

„Hier wird nicht geraucht", sage ich. „Nirgendwo. Gibt keine Raucherecke." Wahrscheinlich ist Herbert einer von denen, für die Rauchen zum Grundsatz der Kneipenromantik gehört. Wahrscheinlich wird er mir gleich einen Sermon darüber halten, wie schön es doch war, als man noch überall in den Kneipen rauchen durfte, und ich werde mich zusammenreißen müssen, ihm nicht zu erklären, dass nichts, aber auch gar nichts romantisch ist an kaltem Zigarettenrauch, den man kaum noch aus den Klamotten und den Haaren kriegt. Herbert steckt die Zigarette wieder ein.

„Und was wäre nicht konsequent?", frage ich.

„Na, Herrenzimmer blöd finden und Frauenzimmer zu propagieren, aus denen Männer dann ausgeschlossen sind", sagt Herbert. „Damit dreht man ja den Spieß nur um."

„Frau", sage ich.

„Was?", fragt Herbert.

„Frau dreht den Spieß um", sage ich. „Kann *man* aber so oder so sehen."

Herbert zuckt die Schultern. „Und außerdem", sagt er, „unterstreicht das doch nur den Glauben an eine angebliche Binarität der Geschlechter."

Ich starre Herbert an.

Herbert starrt die beiden Frauen an, die gerade Hand in Hand durch die Tür kommen. Eine mit dunklen glatten Haaren. Eine mit wilden Locken.

„Fuck!", zischt Herbert. „Ich muss mal auf die Toilette." Und weg ist er. Drängt sich durchs Gewühl.

Es ist wirklich voll hier heute. Beinahe wäre die Buchpremiere ausgefallen. Weil Charlie ausgerechnet heute unsere Klimaaktion starten wollte. Wenn nicht das Päckchen gewesen wäre. Die Bombe, die dann doch keine Bombe war. Aber erklär einer Gruppe von Polizisten mal, dass die jetzt bitte schnell die Vollsperrung der Autobahn wieder auflösen sollen, damit du dich da festkleben kannst. Und weil die Leute eben schon mal alle beisammen waren, habe ich die Chance genutzt, gleich ein paar Flyer für die Lesung unters Volk zu bringen. Mit so einer Resonanz hatte ich trotzdem nicht gerechnet. Hoffentlich hat Hakan genügend Bücher mit.

Er steht jetzt auch an der Theke. „So", sagt er. „Kann losgehen."

Und ich lehn mich gemütlich zurück, während die Polizistin, die nicht Jane McCane ist, zu lesen beginnt.

Mord im Grillo-Theater heißt ihr Roman. Das Cover aber kündigt *Ein Hauch von Grün* an. Eine künstlerische Intervention von Hakan. So richtig gecheckt habe ich den Sinn dahinter nicht. Aber Hauptsache, wir haben hier einen schönen Abend, wenn wir heute schon nichts dazu beitragen können, die Welt zu retten. Ist immer noch besser als nichts.

ES DÄMMERT

Plötzlich hatte ich Sehnsucht. Nach der Villa Hügel. Nach dem satten Grün des Parks drumherum. Den weiten Wiesen. Erschöpft von der Hitze des Tages habe ich mich danach gesehnt, hier im Schatten spazieren zu gehen. Die Luft ist herrlich. Es dämmert schon. Nur eins stört: mein Ohrwurm. *Blau und Weiß, wie lieb ich dich.* Ausgerechnet die Schalke-Hymne. Auf der Bahnfahrt her saß mir ein Mann gegenüber, den Maleranzug mit blauen und weißen Flecken übersät, in der Hand ein Feierabendbier. Und hat gesummt. Natürlich habe ich an meine Ex denken müssen, die Theo einen Schalke-Schlafanzug gekauft hat. Wahrscheinlich nur, um mich zu ärgern. Schließlich bin ich von Kindesbeinen an Rot-Weiß-Essen-Fan. Ich bin nicht sauer darüber. Nicht einmal ein kleines bisschen verärgert. Weil ich ja weiß, dass sie recht hat. Nicht mit dem Schlafanzug an sich. Aber mit ihrer Wut auf mich. Mit ihrer Enttäuschung, denke ich, während ich die verschlungenen Wege laufe, auf denen wir so oft unterwegs waren, ich mit dem gerade erst geborenen Theo im Tragetuch. Wir hätten das Potential zu einer glücklichen Familie gehabt, glaube ich. Wenn ich ein bisschen mehr über den Tellerrand geschaut, ein bisschen mehr versucht hätte, ihre Perspektive einzunehmen, ihre Perspektive, die immer von der Kamera ausging. Wie viele Fotos hat sie allein hier von Theo und mir gemacht. All die Alben, die wir zu Hause im Wohnzimmer stehen hatten. Ich hab das total missverstanden. Habe daraus immer nur ihre Liebe zu Theo und mir abgeleitet. Nie begriffen: Da steckt viel mehr hinter. Auch ihre Liebe zu Schärfen und Unschärfen, zu Schatten und Licht. Vor allem zum Licht. Und deshalb habe ich an ihr vorbeigeredet, wenn ich mal wieder versucht habe, sie zu überreden, dass sie weniger Aufträge annimmt. Weil ich immer gedacht habe: Die macht das nur, damit sie finanziell was beisteuern kann. Hätte ich richtig hingeschaut, hätte ich begriffen.

Bei ihr habe ich es verkackt. Umso wichtiger ist es mir, bei Boris alles anders zu machen. Ich kann doch noch mal von vorne anfangen. Mit vierzig habe ich doch noch mehr als mein halbes Leben vor mir. Boris und meine Ex haben viel gemeinsam. Vor allem die Leidenschaft für den Job. Deshalb habe ich nicht herumgenölt, als Boris gesagt hat, dass er heute lange in der Redaktion bleiben wird, weil bei denen noch immer alles drunter und drüber geht. Seit die Dortmunderin mit dem vermissten Ehemann angerufen hat, stand das Telefon nicht mehr still. Dauernd gingen neue Anrufe ein. Die einen riefen an, um von vermissten Personen zu berichten. Ein Verlagsleiter ist angeblich seit einem Monat schon verschollen. Eine Mitarbeiterin im Planetarium nicht zur Arbeit erschienen. Und so weiter. Und dann riefen die Leute mit den kruden Theorien an. Manche Leute lesen einfach zu viel, schätze ich. Es hat mich aber erstaunt, wie viele Menschen verlorengehen. Es ist tröstlich zu wissen, dass es immer jemanden gibt, der sie vermisst. So wie ich meine Ex lange vermisst habe.

Und während ich so nachdenke über Boris und mich und meine Ex, bin ich von der Villa Hügel weitergelaufen runter zum Ruhrufer. Blau und Weiß, summt es noch immer in meinem Kopf. Es dämmert. Letzte Strahlen einer tiefstehenden Sonne glitzern auf dem Wasser. Aber was ist das? Irgendetwas schwimmt doch da ...

IMMER IST DAS ENDE DOOF

Wen auch immer diese Flaschenpost erreicht: Man hat mich entführt. Erst klang alles sehr vielversprechend. Einen Urlaub sollte ich gewonnen haben. Ich war ganz aufgeregt. Weil ich noch nie in meinem Leben irgendetwas gewonnen habe. Selbst beim Schnickschnackschnuck habe ich immer verloren. Alles, was ich im Leben erreicht habe, war Ergebnis harter Arbeit. Nie das Ergebnis von Glück. Vom Praktikanten zum Verlagsleiter. Das ist ein langer, steiniger Weg. Und noch etwas kann ich mir auf die Fahne schreiben: die Entdeckung der Bestsellerautorin Jane McCane. Keine Kunst, werden Sie jetzt vielleicht sagen. Die hat ihr Manuskript ja bei Ihnen eingereicht. Stimmt schon. Aber die Berge von Manuskripten, die ich dafür habe lesen müssen. Schrecklich geschrieben. Mit langweiligen Plots. Und dann all diese ungefragt eingesandten Biografien, in denen Menschen ihr Leben erzählen. Im Ernst: Kaum ein Leben ist spannend genug, um darüber ein Buch zu schreiben. Meine Meinung. Und meine Meinung ist es ja, die zählt. Ich entscheide über die Veröffentlichung der Manuskripte. Die McCane war also Ergebnis harter Arbeit. Und ich habe schon der Veröffentlichung ihres neuen Manuskripts entgegengefiebert. Kurz bevor das Buch in Druck gehen sollte, dann die Nachricht, dass ich diesen Urlaub gewonnen habe. Ich hab gedacht: Jetzt ist das Buch quasi fertig. Jetzt kann ich mir den Urlaub doch leisten. Zeitlich leisten, meine ich. Finanziell war ja kein Problem. Weil alle Kosten übernommen werden sollten. Misstrauisch hätte mich machen können, dass ich an gar keinem Gewinnspiel teilgenommen habe. Aber um darüber nachzudenken, war ich wohl einfach zu abgekämpft. So viele Überstunden. So viele Nächte durchgearbeitet. Und dann kommt jemand und sagt: Du hast Urlaub. Da gab es doch nichts zu überlegen! Dachte ich. Also habe ich schnell meinen Koffer gepackt. Bin bei der freundlichen Pilotin eingestiegen und mitgeflogen. Mit vierzig Jahren zum ersten Mal richtig geflogen, stellen Sie sich das vor! Tja. Und nun bin ich also hier. Und habe nach Tagen, die ich allein hier verbringe, begriffen, dass keiner kommen und mich abholen wird. Ich habe keine Ahnung, wo ich mich befinde. Auf einer Insel. So viel ist klar. Irgendwo, wo es warm ist. Sanfte Gewässer fließen über diese Insel. Dattelpalmen spenden Schatten. Herrlich, sagen Sie? Dann können wir ja gern tauschen. Sie kommen hierher, auf diese Insel, wo immer die Sonne scheint. Und ich darf zurück in mein Ruhrgebiet. Und so endet diese Geschichte wohl. Ich für immer auf dieser Insel.

Ich habe es seit jeher gehasst, die letzte Seite eines Buches zu lesen. Immer ist das Ende doof.

HEUTE IST KEIN GUTER TAG ZUM REISEN

Ich liebe es, über dem Ruhrgebiet zu kreisen. Von hier oben habe ich alles im Blick. Ein bisschen wehmütig bin ich, weil ich für ein paar Tage weg muss. Den Verlagsleiter wieder einsammeln. Wir können ihn nicht ewig auf der Insel schmoren lassen. Mittlerweile ist das Buch ja gedruckt. Mission erfüllt. Aber schon jetzt freue ich mich auf den Moment der Rückkehr, wenn ich meine Heimat wieder aus dem Cockpit des Flugzeugs von oben bewundern kann. Auch wenn ich weiß, dass viele das nicht nachvollziehen können. Ich fliege häufig Leute, die nicht von hier kommen. Manche von denen gucken mich so mitleidig an, dass ich denke, die drücken mir gleich ein Butterbrot in die Hand, weil ich so bedürftig bin. Und es gab ja auch Zeiten, da habe ich mich selbst bemitleidet, dass ich hier wohne. Unbedingt habe ich weggewollt. Aber so leicht war es dann irgendwie doch nicht mit dem Wegkommen. Die Bewerbungsfristen für alle Unis jenseits des Ruhrgebiets, die mir so vorschwebten, habe ich verpasst. Und vielleicht, vielleicht habe ich mir selbst ein bisschen im Weg gestanden. Vielleicht habe ich insgeheim immer gewusst, dass ich hier richtig bin. Ich entschied mich für die nächstbeste Übergangslösung. Bochum. Gleich am Tag der Einschreibung habe ich Kirsten kennengelernt. Dass die sich irgendwann komplett von mir zurückgezogen hat, finde ich heute noch schade. Ich hab sie sehr gemocht. Ich hätte gern noch mehr Zeit mit ihr verbracht. Aber so ist das im Leben. You can't always get, what you want. Und der Studienplatz in Bochum war also auch nicht das, was ich gewollt hatte. Eigentlich. Jeden Tag schwor ich mir, bald die Uni zu wechseln. Berlin. Hamburg. Oder meinetwegen auch München. Ich saß in der U35, sehnte mich weit weg und blieb dann doch. Das habe ich Kirsten zu verdanken. Kirsten, die oft so unglücklich im Studium war, dass ich mich gar nicht mehr getraut habe, schlecht über Bochum oder das Ruhrgebiet im Allgemeinen zu reden. Erst habe ich bloß anfangen, von der Ruhr-Uni zu schwärmen, um Kirsten aufzumuntern. Und nicht nur von der Uni, auch von ganz Bochum, von den Nachbarstädten, bis an die Grenzen des Ruhrgebiets, immer weiter zog ich meine Kreise. Und jetzt stellen Sie sich vor, sie erklären dauernd jemandem, wie schön es hier ist. Stellen Sie sich vor, wie einfallsreich Ihre Erklärungen mit der Zeit würden. Dann ahnen Sie vielleicht, was passiert ist. Ich begann selbst, an meine Erklärungen zu glauben.

Begann, diesen Flecken der Welt mit anderen Augen zu sehen. Nicht von heute auf morgen. Langsam, nach und nach. Die betonierte Ruhr-Uni wandelte sich zur Betonschönheit. Ich liebte den Blick ins Ruhrtal. Ich liebte sogar die klappernden Steinplatten auf dem Weg von der U-Bahn zum Campus. Auch wenn ich sicher war, dass ich eines Tages durch eine der Platten krachen und in einem Paralleluniversum landen würde. Oder bin ich gar in einem Paralleluniversum gelandet? Ich weiß es nicht. Ich weiß nur, dass ich mich immer mehr in diese Region verliebte. Ich finde es legitim, dass heute darüber debattiert wird, ob die Uni unter Denkmalschutz gestellt werden soll. Genauso, wie es legitim war, dass Bernd und Hilla Becher in den 70er-Jahren die Ästhetik von Industriebauten dokumentierten, dass Roland Günter sich für die Rettung der Arbeitersiedlung Eisenheim stark machte, dass Karl Ganser im Rahmen der IBA Emscherpark half, die Zeche Zollverein zu Umnutzungszwecken zu erhalten, dass das Ruhrgebiet 2010 Kulturhauptstadt war und dass es jetzt versucht, zur grünsten Industrieregion der Welt zu werden. Wenn jemand fragt, woher ich komme, sage ich: „Aus dem Ruhrgebiet." Und wenn dieser jemand mich dann mitleidig anschaut, beiße ich beherzt in mein Butterbrot und sage mit vollem Mund: „Wo die Liebe hinfällt, da soll man sie liegen lassen."

Der Signalton meiner Wetterwarn-App ertönt. Nanu, war doch gar kein Unwetter vorhergesagt. Doch, tatsächlich, über dem Kreis Wesel braut sich ein Tornado zusammen. Betroffen sind die Gemeinden Hünxe, Wesel, Hamminkeln und Xanten. Eine Ausweitung der Unwetterfront auf den Rest der Metropole Ruhr ist nicht ausgeschlossen. Ich setze zum Wendemanöver an. Der Verlagsleiter muss warten. Heute ist kein guter Tag zum Reisen.

ZUR AUTORIN

Sarah Meyer-Dietrich lebt und arbeitet im Ruhrgebiet. Neben Erzählungen, Essays und Blogbeiträgen erschienen von ihr bisher zwei Romane: „Immer muss man mit Stellwerksbränden, Streiks und Tagebrüchen rechnen" (2016) und „Ruhrpottkind" (2017). Ein weiterer Roman ist in Arbeit. Der coolibri schrieb, dass ihre Werke voll von „kleinen, aber signifikanten Weltzusammenbrüchen" sind. Sie wurde für ihre Texte unter anderem mit dem Förderpreis des Literaturpreises Ruhr und dem 1. Preis der Ruhrpoeten ausgezeichnet. Das „Ruhrpottkind" stand außerdem auf der Short List des Literaturpreises Ruhr.